Piccola Biblioteca Oscar

di Ray Bradbury

nella collezione Oscar

Addio all'estate
L'Albero di Halloween
Il cimitero dei folli
Constance contro tutti
Cronache marziane
Era una gioia appiccare il fuoco
Fahrenheit 451
Il grande mondo laggiù
Io canto il corpo elettrico!
Paese d'ottobre
Il pigiama del gatto
Il popolo dell'autunno
Tangerine
Troppo lontani dalle stelle
Viaggiatore del tempo

nella collezione Libellule

Ora e per sempre

nella collezione La Rosa

Cento racconti

RAY BRADBURY

IL PIGIAMA DEL GATTO

Racconti inediti e ritrovati

Traduzione di Giuseppe Lippi

OSCAR MONDADORI

Titolo originale dell'opera: *The Cat's Pajamas*

I edizione Piccola Biblioteca Oscar settembre 2014

ISBN 978-88-04-64600-6

Questo volume è stato stampato
presso ELCOGRAF S.p.A.
Stabilimento - Cles (TN)
Stampato in Italia. Printed in Italy

Anno 2015 - Ristampa 1 2 3 4 5 6 7

Il pigiama del gatto

A Maggie,
ora e per sempre
il pigiama del mio gatto

In ricordo di Skip,
caro fratello e buon amico
che ha diviso con me
i primi fantastici anni
a Green Town, Illinois

Un grazie a Donn Albright
per aver scavato nella mia cantina
e scoperto un mucchio di racconti
che non ricordavo più di aver scritto.
È lui il mio cacciatore di tesori.

Nota del traduttore
Si tenga presente che l'espressione *cat's pajamas* può avere, oltre a quello letterale, anche un senso metaforico. Nel linguaggio colloquiale americano, per esempio, può significare "quanto di meglio", "la cosa perfetta", ecc.

Introduzione

Vivo, vegeto e al lavoro

Cosa posso dire sull'io segreto, il subconscio demone che crea e scrive racconti per me?

Cercherò di spiegare meglio il procedimento che per settant'anni mi ha tenuto vivo, vegeto e in grado di scrivere.

Due buoni esempi di come abbia lavorato all'inizio e alla fine della mia carriera, cioè dagli anni Quaranta a oggi, vengono dai racconti *Crisalide* e *Il completista*. (Nota: *Crisalide* in questa raccolta è diverso dal racconto omonimo che ho pubblicato su «Amazing Stories» nel 1946, e che più tardi è stato incluso nel volume *S Is for Space*. Il titolo mi piaceva molto e ho deciso di usarlo due volte.)

Nelle lunghe estati degli anni Quaranta, mio fratello e io passavamo tutto il tempo libero sulla spiaggia. Lui era un vero surfista, io mi arrangiavo, e tra un tuffo e l'altro bighellonavo sul molo di Santa Monica, facendo la conoscenza dei giocatori di pallavolo e dei sollevatori di pesi. Tra gli amici di quei tempi c'erano alcune persone di colore (allora si diceva comunemente "di colore"; i termini "nero" e "afroamericano" vennero dopo).

Mi colpì l'idea che la gente di colore potesse scottarsi al sole, cosa alla quale non avevo mai pensato. Ecco pronta la metafora: *Crisalide* fu scritto e oggi viene pubblicato per la prima volta. Scrissi il racconto e lo misi da parte molti anni prima del movimento per i diritti civili: è un prodotto della sua epoca, ma penso che abbia superato la prova dei decenni.

Ci comporteremo normalmente è il risultato della mia infanzia passata in casa della nonna, in compagnia – almeno per una parte del tempo – di una cameriera nera che si chiamava Susan. Era una donna meravigliosa, e per tutto quel periodo ho aspettato con trepidazione il suo arrivo, una volta la settimana.

Quando la mia famiglia si trasferì a ovest, nel 1934, persi i contatti con molti amici di Waukegan, Susan compresa. Durante il viaggio mi scrisse una lettera, chiedendo se potesse trasferirsi anche lei e continuare a lavorare nella nostra casa. Purtroppo si era nel mezzo della Depressione, mio padre era senza lavoro e mio fratello si era arruolato nel Corpo di tutela civile per non essere di peso alla famiglia. Eravamo terribilmente poveri e a stento in grado di tenerci a galla. Dovetti scrivere a Susan, ringraziarla per la sua gentilezza e augurarle il miglior futuro. Questa circostanza mi fece pensare alla possibilità di tornare, un giorno o l'altro, a rivedere gli amici di Waukegan, tra cui ovviamente Susan. Non ne ho mai avuto l'opportunità, ma nel racconto ho immaginato quello che sarebbe potuto diventare il mio futuro e l'eventualità che non mi trasformassi affatto nell'uomo che speravo. Ebbi notizie di Susan molti anni dopo: negli ultimi tempi della Depressione se l'era cavata abbastanza bene.

Il completista è un racconto di tutt'altro genere. Anni fa, durante un viaggio oltre Atlantico, mia moglie Maggie e io conoscemmo un incredibile collezionista di libri che per giunta aveva fondato una biblioteca. Passammo ore con lui, e le storie che raccontava della sua vita straordinaria ci affascinarono.

Alla fine di questo incontro fummo turbati da un certo episodio, che troverete nel racconto. Per vent'anni ho pensato al nostro viaggio e a quel signore, ma della metafora che rappresentava non mi ero mai servito.

Poi, nelle ultime sei settimane è successo qualcosa di strano e sorprendente. All'inizio di novembre mia moglie si è ammalata, è stata ricoverata in ospedale ed è morta poco prima del Giorno del Ringraziamento. Durante la sua malattia e nel periodo successivo, il mio demone si è zittito per la prima volta in settant'anni. Maggie, la mia musa, se n'era andata e il demone non sapeva cosa fare.

Man mano che i giorni passavano, e poi le settimane, ho cominciato a chiedermi se avrei scritto mai più: non ero abituato a svegliarmi senza che un teatrino personale mettesse in scena un'idea dopo l'altra dentro la mia testa.

Ma una mattina, pochi giorni fa, mi sono svegliato e ho visto il signore del *Completista* seduto sul bordo del letto. Aspettava me e ha detto: "Alla buon'ora, scrivi la mia storia".

Con un senso d'urgenza, per la prima volta in un mese ho chiamato mia figlia Alexandra e le ho dettato il racconto.

Spero che farete un paragone tra *Crisalide* e *Il completista* e noterete che, per quanto il tempo sia passato, la mia abilità di riconoscere una metafora quando la vedo non è cambiata.

Naturalmente, le mie capacità di scrittore erano molto più rudimentali quando scrissi *Crisalide*, ma l'idea di quel racconto è forte e valeva la pena di essere realizzata.

Una questione di gusto è il prodotto dei miei periodici incontri con ragni nell'arco di una vita: in una capanna di legno a Tucson o sulla strada per Città del Messico, dove vedemmo un ragno così grande che scendemmo dalla macchina per esaminarlo. Era più grosso di una delle mie mani, bello e peloso. Tornato in California, mi resi conto che ogni garage di Los Angeles contiene parecchie decine di vedove nere: bisogna stare attenti a non essere morsi da una di quelle velenose creature. Nel frattempo, mi capitò di chiedermi come sarebbe avere lo scheletro fuori del corpo anziché dentro, e *Una questione di gusto* è un ampliamento di tale spunto. Nel racconto immaginavo un lontano pianeta popolato di ragni molto più intelligenti degli astronauti piombati dal cielo per incontrarli. Fu allora che cominciai a pensare a una sceneggiatura intitolata *Destinazione... Terra!*, che scrissi per la Universal alcuni mesi più tardi. Dunque, da un racconto di pura immaginazione risultò un lavoro per uno studio cinematografico e la realizzazione di un buon film.

Quanto agli altri testi della raccolta, li ho concepiti quasi tutti all'improvviso e ho dovuto precipitarmi a scriverli.

Sei mesi fa ero impegnato in una sessione di autografi con un giovane amico e si parlava dei casinò indiani che sorgono qua e là negli Stati Uniti. Improvvisamente dissi all'amico: «T'immagini se un branco di senatori ubriachi si giocasse l'America con il capo di un casinò indiano?».

Avevo appena pronunciato queste parole, quando gridai: «Dammi una matita e un pezzo di carta». Buttai giù l'idea del racconto e lo scrissi alcune ore dopo.

Sfogliando una copia del «New Yorker» sei mesi fa, vidi alcune foto di migranti Okie,[1] scattate a quanto pareva negli anni Trenta, mentre s'incamminavano verso ovest sulla Strada 66. Leggendo l'articolo, mi resi conto che non erano affatto migranti, ma modelli che avevano indossato vecchi vestiti e posato per un servizio di moda realizzato a New York l'anno scorso. La rivelazione mi sorprese e irritò a tal punto – un tragico episodio della nostra storia trasformato in una carnevalata per stilisti – che ne ricavai il racconto *Sessantasei*.

Il libro che avete fra le mani è anche pieno di testimonianze d'affetto per i miei scrittori preferiti. Non sono mai stato invidioso o geloso dei miei grandi amori, come F. Scott Fitzgerald, Melville, Poe, Wilde e tutti gli altri; ho solo desiderato raggiungerli sugli scaffali delle biblioteche. In particolare, la mente e la creatività di Fitzgerald mi hanno ossessionato al punto che più volte ho tentato di inventare la macchina del tempo per tornare nel passato e salvarlo da se stesso: compito impossibile, si capisce, ma l'amore me lo imponeva. Nel libro mi troverete nei panni di un difensore della fede che aiuta Scotty a finire il suo lavoro rimasto in sospeso, e lo esorta a non venerare più il denaro e a tenersi alla larga dagli studios cinematografici.

[1] Poverissimi agricoltori dell'Oklahoma (da cui il nome) rovinati dalla siccità o da altri fattori legati alla Grande Depressione. Negli anni Trenta si trasferivano in massa verso la California, in cerca di miglior fortuna. A volte, il termine può essere considerato spregiativo. (*NdT*)

Molti anni fa, viaggiando sull'autostrada di Pasadena, vidi pareti di cemento e ponti sopraelevati coperti di fantastici graffiti, là dove anonimi artisti si erano affacciati a testa in giù per creare incredibili murales. L'idea mi colpì a tal punto che alla fine del viaggio scrissi Olé, *Orozco! Siqueiros, sí!*

Il racconto sul convoglio funebre di Lincoln, *Il treno funebre John Wilkes Booth/Warner Brothers/MGM/NBC*, sfrutta un tema che potrebbe sembrarci ovvio, dato che viviamo in un'epoca in cui la pubblicità è diventata un sistema di vita, le verità storiche vengono ignorate e i riflettori sono puntati sui cattivi e non più sugli eroi.

Anche *Tutti i miei nemici sono morti* parte da un principio che dovrebbe apparirci familiare. Quando invecchiamo non solo vediamo scomparire un po' alla volta tutti gli amici, ma anche i prepotenti che ci perseguitavano alle elementari e di cui non riusciamo a ricordare più le malefatte. Nel racconto, ho portato questa idea fino all'estremo limite.

L'eterno Orient Express di R.B., G.K.C. e G.B.S. non è tanto un racconto quanto una poesia-racconto, ed è una dimostrazione del mio amore incondizionato per le biblioteche e gli scrittori che vi abitano, risalente a quando avevo otto anni. Siccome non sono potuto andare all'università, la biblioteca è rimasta per me il punto d'incontro con uomini come G.K. Chesterton, George Bernard Shaw e gli altri fantastici inquilini degli scaffali. Il mio sogno era di entrarvi un giorno e vedere uno dei miei libri accanto a quello di un maestro. Come ho detto, non sono mai stato geloso dei miei eroi e neppure li invidio, ma mi sarebbe piaciuto trotterellare come un fedele cagnolino dietro a tanta grandezza. La poesia è stata scritta in un sol giorno, un po' come se fossi un discreto topolino che corre in un angolo invisibile e riesce a captare i discorsi di quei magnifici. Poche volte nella vita mi è capitato di scrivere qualcosa che alludesse meglio a quel particolare obiettivo: ecco perché ho deciso di pubblicare qui i versi dell'*Orient Express*.

Riassumendo, molti dei racconti che leggerete si sono impossessati di me in questo o quel momento, e non mi hanno lasciato libero finché non li ho inchiodati alla pagina.

Il mio demone parla, spero che voi lo ascoltiate.

Titolo originale: *Introduction: Alive and Kicking and Writing*

Crisalide
1946-1947

Molto dopo mezzanotte si alzò e guardò i flaconi appena tirati fuori dalle scatole, allungò le mani per toccarli e accese un fiammifero per leggere le etichette bianche, mentre i suoi dormivano ignari nell'altra stanza. Il mare rombava ai piedi della collina su cui sorgeva la casa, e leggendo fra sé i nomi delle lozioni sentiva la marea che lavava sabbia e scogli. I nomi scivolavano facilmente sulla lingua: OLIO BIANCO DI MEMPHIS, GARANTITO, LOZIONE BALSAMICA DEL TENNESSEE... SAPONE SBIANCANTE MADREPERLA HIGGEN'S... nomi che sembravano scottature di sole asciugate, come panni stinti dall'acqua. Svitò i tappi, annusò i profumi e versò i balsami sulle mani, poi le sfregò l'una contro l'altra e aspettò che diventassero bianche come guanti di cotone. Ma non succedeva niente, e si consolò al pensiero che forse bisognava aspettare la notte seguente, o quella dopo ancora, e tornato a letto rimase con gli occhi spalancati sui flaconi ammucchiati come verdi insetti di vetro, scintillanti alla debole luce della strada.

Perché faccio questo?, pensò. Perché?

«Walter?» Era la voce di sua madre che lo chiamava piano, in distanza.

«Sì, ma'?»
«Sei sveglio, Walter?»
«Sì, ma'.»
«Meglio che dormi» disse lei.

Al mattino si svegliò per ammirare da vicino il mare costante, per la prima volta. Era un avvenimento, perché non l'aveva mai visto; venivano da una cittadina nel profondo Alabama tutta polvere e calore, i ruscelli secchi e le crepe nel fango, niente fiumi, niente laghi nelle vicinanze, niente di niente a meno di trasferirsi, e questo era il loro primo spostamento, il viaggio in California sulla Ford tutta ammaccata, cantando a voce bassa per passare il tempo. Poco prima di mettersi in viaggio, Walter aveva riscosso i risparmi di un anno e ordinato dodici flaconi della magica lozione, che era arrivata il giorno prima della partenza. Aveva dovuto sistemarli negli scatoloni e portarseli dietro per i campi e i deserti degli Stati, provandone in segreto ora uno ora l'altro, nelle capanne o i gabinetti dove si fermavano lungo la via. Aveva fatto il viaggio sul sedile anteriore, la testa girata indietro, gli occhi chiusi, prendendo il sole con la lozione spalmata sulla faccia e aspettando di diventare bianco come un pezzo di marmo. «Riesco quasi a vederlo» diceva ogni sera fra sé. «Manca poco.»
«Walter,» aveva chiesto sua madre «cos'è questo odore? Cosa ti sei messo addosso?»
«Niente, ma', niente.»
Niente? Passeggiò sulla spiaggia e si fermò davanti alle acque verdi, tirò fuori un flacone dalla tasca e fece colare un po' del fluido biancastro sul palmo della mano, poi se lo passò sul viso e sulle braccia. Sarebbe rimasto tut-

to il giorno al sole, come un corvo vicino al mare, aspettando che il calore dei raggi bruciasse via il nero dalla pelle. E magari si sarebbe tuffato fra le onde che l'avrebbero ripulito come una lavatrice pulisce un panno sporco, e l'avrebbero risputato sulla sabbia, ad asciugarsi col fiatone, disposto ad arrostire al sole come lo scheletro sottile di una bestia invecchiata ma bianca come il gesso, fresca e monda.

GARANTITO, diceva la scritta rossa sul flacone. La parola fiammeggiò nella sua mente: GARANTITO!

«Walter,» avrebbe detto sua madre, stupita «che ti è successo? Sei tu, figlio mio? Sei diventato color del latte, color della neve.»

Faceva caldo. Walter si appoggiò a una passerella di legno e si tolse le scarpe. Alle sue spalle un chiosco che vendeva hot dog spandeva tutt'intorno ondate di caldo fritto, odore di cipolle, panini caldi e frankfurter. Un uomo dalla faccia segnata e nodosa guardò Walter e lui fece un debole cenno con la testa, guardando dall'altra parte. Un attimo dopo un'anta di legno sbatté e Walter sentì avvicinarsi dei passi pesanti. L'uomo abbassò lo sguardo su di lui, con una spatola d'argento in mano e un cappello da cuoco sulla testa grigia e unta.

«Meglio che te ne vai» disse.

«Scusi, come ha detto?»

«Ho detto che la spiaggia dei negri è laggiù.» L'uomo piegò la testa nella direzione che voleva indicare, senza guardarla ma continuando a fissare Walter. «Non voglio che stai davanti al mio esercizio.»

Walter aprì e chiuse gli occhi rapidamente, sorpreso. «Ma siamo in California» disse.

«Cerchi di fare il dritto con me?» chiese l'uomo.

«Nossignore, dicevo solo che qui non siamo nel Sud, signore.»

«Dove lavoro io è sempre Sud» ribatté l'uomo, incamminandosi verso il chiosco degli hot dog, dove mise gli hamburger sulla piastra e li schiacciò con la spatola, sempre guardando Walter.

Il corpo lungo e flessibile di Walter lo portò verso nord. La curiosità e lo stupore che gli suscitava la spiaggia tornarono con lo spruzzo di un'onda e il riflusso della sabbia. All'estremità della passerella di legno si fermò e guardò in basso.

Un ragazzo bianco sdraiato pigramente sulla sabbia ricordava una ciambella.

Lo stupore riempì i grandi occhi di Walter: i bianchi erano tutti strani, ma questo era la stranezza personificata. Walter strofinò un piede bruno contro l'altro, osservando. Sembrava che il ragazzo bianco, sulla spiaggia, aspettasse qualcosa.

Si guardava le braccia e le strofinava, cercava di vedersi una spalla, la curva della schiena, poi la pancia e le gambe salde, pulite.

Walter scese dalla passerella, a disagio. Toccò la sabbia con la punta del piede e rimase lì nervoso, speranzoso ma circospetto, direttamente sopra il ragazzo bianco; poi si leccò le labbra e guardò l'ombra che il suo corpo proiettava.

Il ragazzo bianco era sdraiato come una marionetta senza fili, abbandonato. La lunga ombra gli coprì le mani e lui alzò gli occhi su Walter, con calma, distolse lo sguardo e poi tornò a fissarlo.

Walter si avvicinò, sorrise un poco imbarazzato e si

guardò intorno come se il ragazzo bianco stesse osservando qualcun altro.

Il ragazzo fece un mezzo sorriso. «Ciao.»

Walter disse, molto piano: «Salve».

«Giornata fantastica.»

«È proprio così» disse Walter, sorridendo.

Non si mosse. Stava in piedi, con le lunghe dita delicate ai fianchi e il vento tra le file di capelli neri e radi sulla testa, quando il ragazzo bianco lo invitò: «Sdraiati anche tu».

«Grazie» disse Walter, obbedendo immediatamente.

L'altro guardò da una parte e dall'altra. «Non c'è molta gente, oggi.»

«È fine stagione» disse Walter con cautela.

«Già. La scuola è cominciata una settimana fa.»

Una pausa, poi Walter disse: «Ti sei diplomato?».

«A giugno. Ho lavorato tutta l'estate, non ho avuto tempo di venire in spiaggia.»

«E adesso cerchi di recuperare?»

«Già. Non so quanto riuscirò ad abbronzarmi in due settimane. Devo andare a Chicago il primo ottobre.»

«Oh» disse Walter con un cenno della testa. «Ti ho già visto qui e mi chiedevo cosa facessi.»

Il ragazzo sospirò, appoggiando la testa sulle braccia incrociate. «Niente di meglio che la spiaggia. Come ti chiami? Io sono Bill.»

«Io Walter. Ciao, Bill.»

«Ciao, Walt.»

Un'onda morbida, scintillante, lambì la riva.

«Ti piace il mare?» chiese Walter.

«Certo, avresti dovuto vedermi l'altra estate!»

«Scommetto che ti sarai tutto scottato» disse Walter.

«Macché, non mi brucio mai. Divento solo sempre più nero, nero come un neg...» Il ragazzo bianco esitò e s'interruppe. Prima prese colore, poi arrossì violentemente. «Volevo dire che divento parecchio scuro» concluse piano e senza guardare Walter per l'imbarazzo.

Per fargli vedere che non aveva importanza, Walter rise piano, quasi tristemente, e scosse la testa.

Bill lo guardò strano. «Che c'è da ridere?»

«Niente» rispose Walter, guardando le lunghe braccia bianche dell'altro, lo stomaco e le gambe semipallide. «Proprio niente.»

Bill si stiracchiò come un gatto bianco al sole, in modo che penetrasse in ogni osso rilassato. «Togliti la camicia, Walt. Prendi un po' di sole.»

«No, io non posso» disse Walter.

«E perché?»

«Mi scotterei.»

«Oh!» esclamò il ragazzo bianco. Poi rotolò su un fianco e si coprì la bocca con una mano. Abbassò gli occhi e li rialzò. «Mi dispiace, pensavo che fosse una battuta.»

Walter piegò la testa, battendo le belle ciglia lunghe.

«Non fa niente» disse. «Ho capito che lo pensavi.»

Sembrava che Bill vedesse Walt per la prima volta. Sempre più imbarazzato, Walter nascose i piedi nudi sotto le natiche, perché improvvisamente aveva ricordato quanto somigliassero a due stivaletti neri di gomma. Stivali per un temporale che non arrivava mai.

Bill era confuso. «Non ci avevo mai pensato. Non sapevo.»

«Invece ci scottiamo anche noi» disse Walter. «Basta

che mi tolga la camicia per un poco e *bum*, eccomi coperto di bolle! Il sole brucia anche questa pelle.»

«Che io sia dannato,» disse Bill «anzi stradannato. Dovrei saperle, certe cose. Credo che non ci pensiamo abbastanza.»

Walter fece correre la sabbia nel palmo di una mano. «No,» disse lentamente «non credo che ci pensiate.» Poi si alzò. «Be', sarà meglio che torni all'ovile. Devo aiutare mia madre in cucina.»

«Ci vediamo, Walt.»

«Certo. Domani e dopodomani.»

«Okay. Ciao.»

Walter agitò la mano e s'incamminò verso la collina. Quando fu arrivato in cima si voltò e strinse gli occhi in lontananza. Bill era ancora là, sulla sabbia, come se aspettasse qualcosa.

Walter si morse un labbro e agitò un dito verso il terreno. «Gente,» disse ad alta voce «quel ragazzo è matto.»

Quando era piccolissimo, Walter aveva tentato di invertire le cose. A scuola, l'insegnante aveva mostrato la figura di un pesce e aveva detto:

«Guardate com'è bianco e incolore questo pesce che da generazioni nuota nella Mammoth Cave, la grotta gigante del Kentucky. È cieco e non ha bisogno di organi visivi, ma...»

Quello stesso pomeriggio di tanti anni prima, Walter era corso a casa da scuola e si era nascosto precipitosamente nella soffitta del signor Hampden, il custode. Fuori imperversava il caldo sole dell'Alabama. Walter si era accovacciato nel buio che odorava di naftalina, sentendo il cuore battere come un tamburo. Un topo era sgattaiolato sulle assi sporche.

Per Walter tutto quadrava: l'uomo bianco che lavorava al sole diventava nero, quindi il ragazzo nero che si nascondeva al buio diventava bianco. Era una certezza, era una cosa ragionevole. Se una causa produceva un certo effetto, la causa opposta avrebbe prodotto l'effetto contrario, no?

Era rimasto nella soffitta fino a quando la fame lo aveva costretto a scendere.

Era sera e brillavano le stelle.

Si era guardato le mani: sempre scure.

Ma aspetta la mattina! Il primo controllo non contava, perché non era possibile vedere il cambiamento di sera, nossignore. Aspetta, aspetta... Aveva fatto le scale trattenendo il fiato, e lasciata la vecchia casa si era rifugiato nella capanna di sua madre in mezzo al campo. Lì si era infilato a letto, con le mani nelle tasche, e aveva tenuto gli occhi chiusi mentre cercava di addormentarsi.

La mattina dopo un rettangolo di luce, sbarrato come in una gabbia, l'aveva inquadrato dalla finestrella.

Braccia e mani nere erano le stesse di sempre, adagiate sulla coperta rammendata.

Aveva dato un gran sospiro e affondato la faccia nel cuscino.

Walter tornò sulla passerella di legno ogni pomeriggio, sempre attento a girare alla larga dall'uomo degli hot dog e dal suo chiosco.

Succedevano grandi cose, pensò. Un cambiamento, un progresso. Osservava i particolari dell'estate morente e rifletteva a lungo. Cercava di capire l'estate da cima a fondo, e l'autunno, pronto a calare, sorgeva come un'onda di marea sospesa su di lui.

Bill e Walter parlavano ogni giorno, e col passare dei pomeriggi le braccia dei due ragazzi cominciavano a somigliarsi in modo molto piacevole per Walter, che osservava, affascinato, la cosa che Bill aveva deciso di ottenere e a cui dedicava tanto del suo tempo.

Bill faceva disegni sulla sabbia con una mano chiara che giorno per giorno diventava più scura. Ogni dito era tinto dal sole.

Il sabato e la domenica venivano altri ragazzi bianchi. Walter se ne voleva andare e Bill gli gridava di restare, che diamine. Walter si univa agli altri, giocando a pallavolo.

L'estate li aveva trasformati in tizzoni rossi e gialli, fino a quando li aveva spalmati e laccati di nero. Per la prima volta in vita sua, Walter si sentì parte della gente. I ragazzi avevano scelto di vestire una pelle simile a quella di Walter e saltavano, sempre più neri, da un lato e dall'altro della rete, lanciando la palla insieme alle risate, di qua e di là, lottando con Walter e scherzando con lui, fino a quando lo buttavano a mare.

Finalmente, un giorno Bill batté una mano sul polso di Walter e gridò: «Guarda!».

Walter abbassò gli occhi.

«Sono più nero di te, Walt!» esclamò Bill, stupito.

«Che io sia dannato, anzi stradannato» mormorò Walter, muovendo gli occhi da un polso all'altro. «Uhmuhm. Sissignore, Bill, hai proprio ragione. Sei più nero.»

Bill mollò la presa sul braccio di Walter e con una espressione stupita, mezzo imbronciata, lo guardò a bocca aperta mentre i pensieri si rincorrevano dietro gli occhi. Allontanò la mano con una risata stridula e guardò il mare.

«Stasera metto la camicia bianca, una figata. L'abbronzatura sotto la camicia bianca... ragazzi!»

«Scommetto che sarai un cannone» disse Walter, cercando di capire cosa guardasse Bill. «Molta gente di colore mette vestiti neri e camicie color vino per far sembrare la faccia più bianca.»

«Davvero, Walt? Non lo sapevo.»

Bill sembrava a disagio, come se pensasse a qualcosa che non sapeva affrontare. Disse a Walter, come se d'un tratto gli fosse venuta una brillante idea: «To', eccoti un po' di spiccioli. Vai a comprare un paio di hot dog».

Walter sorrise di rimando. «L'uomo che li vende non mi fila.»

«Tu hai i soldi, vacci comunque. E al diavolo lui.»

«Va bene» disse Walter riluttante. «Sul tuo vuoi tutto?»

«Completo.»

Walter si avviò sulla sabbia bollente. Saltò sulla passerella e passò all'ombra profumata del chiosco, dove si fermò, alto, dignitoso e con le labbra sporgenti. «Due hot dog da portare via, per favore. Completi.»

L'uomo dietro il banco aveva la spatola in mano. Scrutò Walter dalla testa ai piedi, implacabile, con la spatola che tremava fra le dita ossute. Non disse niente.

Quando Walter si fu stancato di aspettare in piedi, si voltò e se ne andò.

Tornò sui suoi passi facendo tintinnare le monete nel grosso palmo della mano e fingendo indifferenza. Quando Bill lo vide, il tintinnio cessò.

«Che è successo, Walt?»

«Quello mi ha guardato senza fare niente, ecco cosa.»

Bill lo fece voltare verso il chiosco. «Andiamo insieme. Ci faremo dare gli hot dog o almeno una dannata spiegazione.»

Walter si irrigidì. «Non voglio guai.»

«Okay, maledizione, vado a prenderli io. Tu aspetta.»

Bill andò di corsa al chiosco e si piegò sul banco in penombra.

Walter vide e sentì con chiarezza quello che avvenne nei dieci secondi successivi.

L'uomo delle salsicce alzò la testa di scatto e guardò Bill, poi gridò: «Maledetto nerastro, ancora qui?».

Silenzio.

Bill si appoggiò al banco e attese.

L'uomo si affrettò a metterla in ridere. «Be', che io sia dannato. Ciao, Bill, è il riflesso sull'acqua, ma sembravi proprio... Cosa vuoi?»

Bill lo afferrò per il gomito. «Non ho capito. Sono più nero di lui, quindi perché mi baci il sedere?»

L'uomo delle salsicce cercò una risposta. «Ma, Bill, te l'ho detto, è stato il riflesso...»

«Vai all'inferno.»

Bill arretrò nella luce del sole, pallido sotto l'abbronzatura, prese Walter per un braccio e si allontanò.

«Vieni via, Walt, non ho più fame.»

«Che strano» disse Walt. «Neanch'io.»

Le due settimane passarono. Venne l'autunno e per due giorni calò una gelida nebbia salata; Walter pensò che non avrebbe più rivisto Bill. S'incamminò sulla passerella, solo. Tutto era silenzio, non fischiavano le sirene. Le ante di legno dell'ultimo, definitivo chiosco degli hot dog erano chiuse e ben inchiodate; un gran vento di solitudine soffiava sulla spiaggia fredda e grigia.

Un martedì ci fu uno sprazzo di sole ed ecco invece Bill, sdraiato sulla spiaggia vuota tutto solo.

«Ho pensato di venire un'ultima volta» disse quando Walt gli fu seduto a fianco. «Be', non ci vedremo più.»

«Vai a Chicago?»

«Già, e comunque il sole qui se n'è andato; voglio dire, il sole che piace a me. Meglio tornare a est.»

«Credo che per te sia meglio» ammise Walter.

«Sono state due belle settimane» disse Bill. «E mi sono abbronzato.»

Walter fece segno di sì. «Certo.»

«Però adesso comincia a sbiadire» aggiunse Bill con aria di rimpianto. «Mi piacerebbe abbronzarmi in modo che non vada più via.» Si guardò una spalla e fece un gesto con il gomito piegato, mentre le dita cercavano di acchiappare qualcosa. «Vedi, Walt? Questa dannata spalla comincia a spellarsi, e prude. Ti dispiace grattarmene un po' via?»

«No, affatto» disse Walter. «Girati.»

Bill si voltò in silenzio e Walter, con gli occhi lucidi, allungò una mano e strappò delicatamente una striscia di pelle.

Strato dopo strato, lembo dopo lembo, una striscia via l'altra, strappò la pelle nera dalla schiena muscolosa di Bill, dalle scapole, dal collo e la spina dorsale, portando alla luce il bianco roseo e nudo che era sotto.

Quando ebbe finito, Bill sembrava piccolo, spoglio e

solo, e Walter si accorse di avergli fatto qualcosa d'importante, ma che Bill lo accettava filosoficamente, senza preoccuparsi; allora una grande luce si accese in Walter con un lampo, la luce di tutta l'estate.

Aveva fatto per Bill una cosa giusta e naturale cui non c'era modo di sfuggire né di girarci intorno, perché così doveva essere.

Il vento portò via i lembi di pelle.

«Voi dovete restare al sole tutto luglio e agosto, per farvela» disse Walter lentamente. Lasciò cadere un altro frammento. «Ed ecco come se ne va. Io ho aspettato tutta la vita e se ne va nello stesso modo.» Voltò orgogliosamente la schiena a Bill e poi, un po' triste e un po' allegro ma in pace con se stesso, disse:

«Adesso grattamene via un po' tu.»

Titolo originale: *Chrysalis*

L'isola
1952

La notte invernale turbinava in fiocchi e pezzetti bianchi davanti alle finestre illuminate. A volte la processione pareva regolare, a volte mulinava e dava colpi d'ala, ma l'alzarsi e il posarsi era continuo e non smetteva di riempire in silenzio un abisso senza fondo.

La casa era serrata e ogni fessura, finestra o porta era stata sigillata, ogni chiavistello tirato. Nelle stanze le lampade erano accese. La casa tratteneva il fiato, calda e sonnolenta. I radiatori sospiravano, un frigorifero ronzava sommessamente. In biblioteca, sotto la lampada antivento dal paralume verde, una mano bianca si muoveva, una penna grattava sulla carta, una faccia era china sull'inchiostro che seccava nell'atmosfera della falsa estate.

Al piano di sopra una donna anziana leggeva a letto. In fondo al corridoio del primo piano, la figlia sistemava la biancheria nell'armadietto di uno spogliatoio. Nell'attico, un piano più su, il figlio di trentacinque anni batteva educatamente sui tasti di una macchina per scrivere e aggiungeva un foglio appallottolato dietro l'altro al mucchio che già ingombrava il tappeto.

A pianterreno la cameriera finì di lavare i bicchieri da

vino della cena e li sistemò sugli scaffali con un tintinnio di campane, si asciugò le mani, ravviò i capelli e cercò l'interruttore della luce.

E poi, i cinque abitanti della casa immersa nella notte di neve invernale sentirono qualcosa d'insolito.

Il rumore di una finestra rotta.

Fu come il frantumarsi del ghiaccio color limone su uno stagno a mezzanotte.

La donna anziana sedette in mezzo al letto. La figlia minore smise di sistemare la biancheria. Il figlio, che stava per appallottolare un altro foglio dattiloscritto, s'immobilizzò con la carta stretta in pugno.

In biblioteca l'altra figlia trattenne il fiato e lasciò che l'inchiostro nero si asciugasse con un'esalazione quasi percettibile a metà pagina.

La cameriera rimase immobile in cucina, con le dita sull'interruttore.

Non un rumore.

Silenzio.

Solo il vento gelido frusciava da una lontana finestra rotta, percorrendo la casa.

Ognuno girò la testa nella rispettiva stanza, guardando innanzitutto la frangia del tappeto agitarsi lievemente dove il vento s'insinuava sotto la porta, come un respiro. Poi gli occhi si posarono sulle maniglie d'ottone.

Ogni porta aveva il suo baluardo, il suo sistema di lucchetti, catenelle, chiavi o paletti. In anni di eccentricità che avevano fatto girare le teste come fusi, fino a smarrire il senno, la madre aveva curato personalmente le serrature, come se si trattasse di preziose e stupende nature morte.

Negli anni prima della malattia che l'aveva confinata

poco cerimoniosamente a letto, aveva confessato la sua paura di ogni stanza che non potesse trasformarsi immediatamente in una fortezza. Una casa di donne (il figlio, Robert, scendeva raramente dal suo nido d'uccello) aveva bisogno di pronte difese dalla cieca cupidigia altrui, dalle invidie e gli stupri di un mondo che d'inverno covava libidini appena meno vergognose.

Queste erano le sue teorie.

«Non avremo mai bisogno di tutti quei paletti» aveva protestato Alice anni prima.

«Verrà il giorno» aveva risposto la madre «che ringrazierai Dio per una buona serratura Yale.»

«A un ladro basterebbe rompere il vetro di una finestra» aveva ribattuto Alice «e togliere il lucchetto dalla parte del davanzale.»

«Rompere un vetro per dare l'allarme in casa? Sciocchezze.»

«Sarebbe più semplice tenere i nostri soldi in banca.»

«Altre sciocchezze. L'ho imparato nel 1929, cosa vuol dire lasciare denaro sonante nelle mani di sconosciuti. Preferisco una pistola sotto il cuscino e i soldi sotto il letto. Sono io la First National Bank dell'isola di Oak Green.»

«Una banca con quarantamila dollari appena?»

«Zitta, perché non vai a gridarlo ai quattro venti? E poi, non sono soltanto i soldi che i delinquenti cercano di procurarsi. Vogliono te, Madeline... *e me*.»

«Mamma, mamma. Siamo vecchie, perché non ammetterlo?»

«Siamo donne, non dimenticarlo, *donne*. Dove sono le altre pistole?»

«Una in ogni stanza, mamma.»

E così l'artiglieria casalinga era stata preparata e testata, i lucchetti oliati e messi alla prova da un anno all'altro, da una stagione alla successiva. Un sistema di telefoni interni a batteria era stato collegato ai piani inferiori e superiori. Le figlie avevano accettato le nuove apparecchiature con un sorriso: se non altro, avrebbero risparmiato la fatica di gridare per le scale.

«Già che ci siamo,» aveva detto Alice «perché non eliminare il telefono esterno? È passato il tempo in cui qualcuno chiamava dalla città Madeline o me, oltre il lago.»

«Togliamoci il telefono» aveva incalzato Madeline. «Ogni mese un costo assurdo, e chi volete che chiamiamo noialtri da quaggiù?»

«Che noiose» era stata la conclusione di Robert prima di risalire nell'attico. «Tutte quante.»

E ora, nella notte del profondo inverno, un rumore unico e isolato. Un vetro di finestra rotto, come un sottile bicchiere di vino che scoppia o l'inizio di un lungo e caldo sogno invernale.

I cinque abitanti della casa-isola s'immobilizzarono come statue bianche.

A guardare dalle finestre delle varie stanze, si sarebbe creduto di guardare in un museo. Ogni animale, impagliato mentre era in preda al terrore, mostrava un ultimo momento di lucidità e di coscienza. C'era una luce in ogni occhio di vetro, come quella vista e ricordata per sempre in un cervo che, sorpreso e immobile, avesse girato la testa lentamente per fissare la lunga e fredda canna di un fucile.

Ognuno dei cinque guardò la porta della stanza in cui si trovava.

Ognuno vide che il proprio letto o poltrona distava dalla porta un intero continente, e che la porta aspettava soltanto di essere serrata. La distanza fisica era un'inezia, ma un abisso per la mente. Non era possibile che, mentre si gettavano a coprire il breve spazio, l'interminabile spazio necessario a chiudere i lucchetti e girare le chiavi, *qualcosa* dal corridoio balzasse in un lampo sulla porta indifesa?

Quel pensiero balenò in ogni testa alla velocità di un grilletto. Li inchiodò, non li lasciò più.

Poi venne un altro pensiero, decisamente più confortante.

Non è niente, diceva. Il vento ha rotto la finestra. Un ramo è caduto da un albero, sì! O una palla di neve lanciata da un bambino con la mania dell'inverno, taciturno perché è sera tardi, diretto in nessun posto...

I membri della famiglia si alzarono contemporaneamente.

Le stanze tremavano nel vento. Il bianco del mondo esterno sfiorò le cinque facce e si posò sugli occhi dilatati. Si prepararono a girare la maniglia della propria porta, ad aprirla e a gridare, con appena un'occhiata fuori: «Allora è stato un ramo caduto!». Ma ci fu un altro rumore.

Un grattare metallico.

Poi da qualche parte una finestra, simile all'estremità crudele di una gigantesca ghigliottina, cominciò a salire.

Scivolava nella scanalatura grezza. Spalancava la sua grande bocca per far entrare l'inverno.

Le porte di casa sbatterono, bloccandosi su cardini e soglie.

Lo spostamento d'aria spense i lumi in ogni stanza.

«Non voglio la corrente elettrica» aveva detto la madre anni prima. «Nessun regalo dalla città, noi siamo per l'autosufficienza. Dare e prendere un bel niente.»

Una voce che sbiadiva nel passato.

Le lampade si erano appena spente che la paura divampò, accendendo un fuoco più robusto dei ciocchi di legno nel camino o dei carboni ardenti in ogni stanza.

Alice si sentì bruciare le guance con un livido riflesso; il terrore che le accendeva la fronte avrebbe potuto rischiarare un libro.

C'era una sola cosa da fare.

Correndo in ogni stanza, ciascuna un duplicato di quella superiore o inferiore, si avventarono sulle porte e fecero scorrere chiavistelli, paletti e catene. Girarono le chiavi.

«Salvi!» gridarono. «Chiusi dentro e salvi!»

Fecero tutti gli stessi gesti tranne la cameriera. Viveva in quella casa di matti solo poche ore al giorno e non era condizionata dalle paure isteriche, dal terrore della madre. Donna pratica, forgiata dai lunghi anni vissuti nella città che sorgeva oltre il fossato costituito dalla siepe, dal prato e dalle mura, impiegò solo un attimo a decidere. Poi fece quello che avrebbe dovuto essere un gesto salvifico e che si rivelò disperato.

Spalancata la porta della cucina, si precipitò nel corridoio più lungo del piano terra. In lontananza e nel buio, il vento soffiava da una fredda bocca di drago.

Usciranno anche gli altri, pensò.

Li chiamò uno dopo l'altro.

«Signorina Madeline, signorina Alice, signora Benton, signor Robert!»

Poi si gettò nel corridoio, verso il buio che soffiava dalla finestra aperta.

«Signorina Madeline!»

Quest'ultima, inchiodata come Gesù Cristo alla porta del ripostiglio per la biancheria, armeggiò di nuovo con i chiavistelli.

«Signorina Alice!»

In biblioteca, dove chiare lettere danzavano nell'oscurità come falene ubriache, Alice si staccò dalla porta sbarrata, trovò i fiammiferi e riaccese la lampada verde. La testa pulsava come un cuore pieno di affanni, gli occhi volevano star chiusi, la bocca perdeva fiato e le orecchie, coperte dalle mani, non sentivano altro che il battito impazzito e il risucchio del respiro.

«Signora Benton!»

La vecchia si torceva nel letto, passandosi le mani sulla faccia per dare alla carne sciolta l'espressione terrorizzata di cui aveva assolutamente bisogno. Poi le dita si agitarono in direzione della porta ancora aperta. «Stupida, maledetta stupida. Qualcuno chiuda la mia porta... Alice, Robert, Madeline!»

«Alice, Robert, Madeline!» ripeté l'eco nei corridoi oscuri.

«Signor Robert!»

La voce della cameriera chiamava da pianterreno, tremante.

Poi, uno dopo l'altro, la sentirono gridare: un breve urlo incredulo e accusatore.

La neve toccò delicatamente il tetto della casa.

Si alzarono tutti in piedi, sapendo quel che il silenzio significava. Aspettavano un altro rumore.

Qualcuno, avanzando lentamente e con il passo vellutato dell'incubo, strisciava nei corridoi. Sembrava che fosse a piedi nudi, e i familiari sentivano la casa piegarsi sotto il peso, ora qui, ora là, più lontano.

Due telefoni troneggiavano su un remoto tavolino della biblioteca. Alice ne afferrò uno, abbassò la forcella e gridò: «Centralino, la polizia!».

Poi ricordò: «Nessuno chiamerà Madeline o me, ormai. Di' alla Bell Company di staccare la linea. In città non conosciamo nessuno».

«Dovete essere pratiche» aveva detto la madre. «Lasciate il telefono dov'è, casomai decidessimo di riallacciarlo.»

«Centralino!»

Abbassò l'apparecchio e lo guardò come se fosse un animale ostinato al quale avesse chiesto di fare il più semplice dei giochi. Guardò la finestra e pensò: alzala, affacciati, *urla*. Ah, ma i vicini erano chiusi dentro, al caldo e perduti nella distanza, con il vento che ululava e l'inverno tutto intorno, la notte. Sarebbe stato come gridare alle pietre di un camposanto.

«Robert, Alice, Madeline... Robert, Alice, Madeline!»

La madre che urlava con cieca idiozia.

«Venite a chiudermi la porta. Robert, Alice, Madeline!»

La sento, pensò Alice. Tutti la sentiamo. E anche *quello* la sentirà.

Afferrò il secondo telefono, diede tre colpi sul pulsante della linea.

«Madeline, Alice, Robert!» La voce echeggiava nei corridoi.

«Mamma!» gridò Alice nel microfono. «Non urlare, non far sapere a quello dove sei, non dire cose che non immagina nemmeno.» Pestò di nuovo sul pulsante.

«Robert, Alice, Madeline!»
«Alza il ricevitore, mamma, per favore, alza...»
Clic.
«Pronto, centralino.» La voce disperata di sua madre che urlava. «Salvatemi! La porta!»
«Mamma, sono Alice. Zitta, o lui ti sentirà.»
«Oddio, Alice, oddio, la porta non è chiusa e io non posso scendere dal letto! Che pazzia, che assurdità, tutti quei lucchetti e non poterli usare.»
«Spegni la lampada.»
«Aiutami, Alice.»
«Ti aiuto, ma ascoltami. Cerca la pistola, spegni la lampada e nasconditi sotto il letto. *Fallo.*»
«Oddio, Alice, vieni a chiudermi la porta.»
«Mamma, stai a sentire.»
«Alice, Alice!» Era la voce di Madeline. «Cosa è successo? Ho paura.»
Un'altra voce. «Alice!»
«Robert!»
Strillavano e urlavano tutti.
«No» disse Alice. «Buoni, parlate uno alla volta, prima che sia troppo tardi. Dobbiamo farlo insieme, avete capito? Prendete le pistole, aprite le porte e uscite nel corridoio. Saremo tutti noi contro di lui, d'accordo?»
Robert singhiozzava.
Madeline piangeva.
«Alice, Madeline, bambini, salvate vostra madre!»
«Stai zitta, mamma.» Alice ondeggiava e ripeteva come in una cantilena: «Aprite la porta, tutti. Possiamo farcela. Ora!».
«Lui mi prenderà!» urlò Madeline.

«No, no» disse Robert. «Non servirà a niente.»
«La porta, la mia porta è aperta!» gridò la madre.
«Ascoltatemi tutti.»
«La porta!» disse ancora la madre. «Oddio, si sta aprendo in questo momento.»
Un grido echeggiò nei corridoi e si ripeté al telefono.
Gli altri guardarono i ricevitori che tenevano in mano, sentendo il battito del proprio cuore.
«Mamma!»
Una porta sbatté al piano di sopra.
L'urlo s'interruppe immediatamente.
«Mamma.»
Se solo non avesse gridato tanto, pensò Alice. Se non avesse indicato la strada a quello...
«Madeline, Robert! Le pistole. Conterò fino a cinque, poi correremo fuori tutti. Uno, due, tre...»
Robert gemette.
«Robert.»
Era caduto sul pavimento, il telefono stretto in pugno. La porta della sua camera era sempre chiusa a chiave. Il cuore si era fermato, e dal ricevitore arrivò un grido: «Robert!». Ma era a terra immobile.
«È alla mia porta, adesso!» esclamò Madeline con voce altissima, nella casa d'inverno.
«Spara contro la porta. Spara!»
«Non mi prenderà, non farà i suoi comodi *con me*.»
«Madeline, ascolta: sparagli attraverso la porta.»
«Sta trafficando con la serratura, entrerà.»
«Madeline!»
Uno sparo.
Soltanto un colpo.

Alice era in biblioteca, sola, e guardava il telefono freddo che teneva in mano. Silenziosissimo.

All'improvviso vide lo sconosciuto al piano di sopra, nel buio, davanti a una porta che dava sul corridoio: armeggiava senza far rumore e sorrideva al pannello di legno.

Lo sparo.

Lo sconosciuto nel buio che abbassava gli occhi, e da sotto la porta sbarrata un piccolo, lento rivolo di sangue. Sangue che scorreva brillante, senza far rumore, formando un ruscello. Tutto questo vide Alice, tutto questo seppe in un lampo. E poi il movimento nell'oscurità, lungo il corridoio del piano superiore: qualcuno che passava da una stanza all'altra, tentando le porte e trovando il silenzio.

«Madeline» disse all'apparecchio, impietrita. «Robert!» Chiamò inutilmente i loro nomi. «Mamma!» Poi chiuse gli occhi. «Perché non mi avete ascoltata? Se fossimo corsi fuori tutti insieme, all'inizio...»

Silenzio.

La neve cadeva in turbini che non facevano rumore, con l'abbondanza di una cornucopia, ammucchiandosi riccamente sul prato. Lei era sola, adesso.

Andò alla finestra a passi incerti, la sollevò, tolse la sicurezza alla doppia finestra che si trovava oltre e aprì anche quella. Poi si affacciò a mezzo tra il tepore silenzioso della casa e la notte innevata. Rimase così per un lungo momento, tenendo d'occhio la porta sbarrata della biblioteca. Qualcuno tentò la maniglia.

Affascinata, la guardò girare. Sembrava un occhio lucente.

Avrebbe voluto andare là, togliere il lucchetto e ricevere la notte con un inchino, la forma del terrore, in modo da guardare in faccia colui che, senza quasi colpo ferire, aveva conquistato il forte sull'isola. Sentì la pistola tra le dita e l'alzò, puntandola con un fremito alla porta.

La maniglia d'ottone girò in senso orario, poi antiorario. Fuori, il buio soffiava dentro il buio. Orario, antiorario, e in alto un sorriso invisibile.

Con gli occhi chiusi, Alice sparò tre volte.

Quando li riaprì, si accorse che i colpi erano andati a vuoto. Uno nel muro, un altro alla base della porta e un terzo alla sommità. Per un attimo guardò la sua mano di codarda e gettò via la pistola.

La maniglia girò da questa parte e dall'altra. Fu l'ultima cosa che vide, la lucida maniglia come un occhio d'ottone.

Si sporse ancora un poco e cadde sulla neve.

Tornata con la polizia alcune ore dopo, vide le sue orme nel bianco, in fuga dal silenzio.

Lei, lo sceriffo e i suoi uomini fissavano la casa sotto gli alberi spogli.

Sembrava calda e confortevole, di nuovo illuminata come un mondo lieto e raggiante nel paesaggio desolato. La porta d'ingresso era spalancata e la neve mulinava dentro.

«Gesù» disse lo sceriffo. «Quello se n'è andato dalla porta principale, senza curarsi di essere visto. Che faccia tosta!»

Alice si mosse e mille falene bianche le passarono sugli occhi. Aprì e chiuse le palpebre, fissando lo sguardo. Poi quasi con delicatezza la gola fremette.

Era l'inizio di una risata, ma finì in un singhiozzo smorzato.

«Guardate!» gridò. «Oh, guardate.»

Gli altri guardarono e videro il secondo gruppo di orme che scendevano le scale del portico e proseguivano sul soffice manto di neve. Regolari, ben spaziate, le orme possedevano una loro serenità e si allontanavano nel cortile della casa, profonde e fiduciose, scomparendo in direzione della notte gelida e della città innevata.

«Sono le *sue* orme.» Alice si chinò e allungò una mano, e cercò di misurarle con le dita intirizzite. Mandò un grido.

«Le sue orme: oddio, che uomo piccolo! Guardate le misure, guardate, un uomo piccolissimo.»

Stava accucciata nella neve, poggiando su mani e ginocchia, e singhiozzava; ma il vento e la notte d'inverno le usarono una gentilezza. Mentre guardava, la nevicata coprì le orme e le sommerse, livellando il terreno e cancellando ogni altra traccia, finché sparirono senza memoria né prova della loro piccolezza.

Allora, e solo allora, Alice smise di piangere.

Titolo originale: *The Island*

Prima dell'alba
1950

Un pianto a tarda notte che forse era isterismo, poi un singhiozzo disperato che si riduceva a un sospiro quando la voce del marito cercava di blandirla. Lo sentivo attraverso il muro. «Calma, calma» le diceva. «Calmati.»

Ascoltavo dal letto, e sulla parete il calendario diceva agosto 2002. Erano una coppia giovane, tutti e due sui trent'anni, freschi, con i capelli biondi e gli occhi azzurri, ma con certi segni intorno alla bocca. Si erano appena trasferiti nella casa-pensione dove anch'io vivevo e prendevo i pasti, perché all'epoca lavoravo come custode alla biblioteca in centro.

Ogni notte la stessa storia, la moglie piangeva e il marito la calmava con dolcezza oltre la parete del mio letto. Tendevo le orecchie per capire cosa le fosse preso, ma non ci riuscivo. Non era qualcosa che avesse detto lui, di questo ero sicuro, e neppure qualcosa che avesse fatto. Anzi, ero quasi certo che il pianto cominciasse spontaneamente, a notte fonda, verso le due. La donna si svegliava, mi pareva di vederla; mandava un primo grido e continuava a piangere per un pezzo. Mi rattristava perché, vecchio come sono, detesto sentir piangere una donna.

Ricordo la sera del loro arrivo, circa un mese fa: era d'agosto in questa città dell'Illinois profondo, le case al buio e la gente sul portico a leccare gelati con lo stecco. Ricordo che mi affaccendavo nella cucina al piano di sotto, immerso nell'odore stantio del cibo, e sentivo senza vederlo il cane che lappava acqua nel recipiente sotto i fornelli, un suono notturno che faceva pensare a gocce stillanti dentro una caverna. Quando entrai nel soggiorno buio, il padrone di casa, Fiske, si affannava intorno al dannato condizionatore d'aria che non voleva funzionare e la sua faccia vagamente diabolica era imporporata dallo sforzo. Finalmente uscì al caldo, sul portico delle zanzare, un posto che riteneva fatto apposta per quegli insetti, ma dove si rifugiò comunque.

Andai anch'io sul portico, sedetti e tolsi un sigaro dall'incarto per scacciare le mie zanzare personali. C'erano Nonna Fiske, Alice Fiske, Henry Fiske, Joseph Fiske, Bill Fiske e altri sei ospiti della casa-pensione, tutti intenti ad aprire le confezioni di Eskimo Pie.

Fu allora che l'uomo e sua moglie apparvero ai piedi delle scale, tanto all'improvviso che sembravano spuntati dall'erba umida e nera. Ci guardarono come se fossimo le attrazioni di un circo estivo; lo ricordo ancora, perché non avevano valigie e portavano vestiti che non sembravano aderire alle figure.

«C'è un posto dove possiamo mangiare e dormire?» chiese l'uomo con voce incerta.

Erano trasaliti tutti. Forse fui il primo a vederli, poi la signora Fiske sorrise, si alzò dalla poltrona di vimini e andò a riceverli. «Sì, abbiamo delle stanze.»

«Quanto chiedete?» disse l'uomo nel buio.

«Venti dollari al giorno, pasti inclusi.»

Probabilmente non avevano capito. Si guardarono l'un l'altra.

«Venti dollari» ripeté la Nonna.

«Ci trasferiremo qui» disse l'uomo.

«Non volete dare un'occhiata, prima?» chiese la signora Fiske.

La coppia salì i gradini, guardandosi alle spalle come se qualcuno li seguisse.

Quella notte cominciarono i pianti.

La colazione veniva servita ogni mattina alle sette e mezzo: grandi vassoi di pancake, brocche piene di sciroppo, isole di burro e pan tostato, molti bricchi di caffè e cereali per chi li volesse. Ero affaccendato con i miei cereali quando la coppia scese le scale, lentamente. Non vennero subito in sala da pranzo, ed ebbi la sensazione che osservassero tutto. Poiché la signora Fiske era occupata mi alzai a riceverli, ed eccoli là, marito e moglie, intenti a guardare dalla finestra frontale, a fissare l'erba verde, i grandi olmi e il cielo azzurro come se non li avessero mai visti.

«Buongiorno» dissi.

Passavano le dita sui copridivani e attraverso i grani della tenda a perline che pendeva dalla porta della sala da pranzo. Una volta mi parve di vederli sorridere con calore per qualche motivo segreto. Chiesi come si chiamassero e per un momento mi sembrarono perplessi, poi dissero:

«Smith.»

Li presentai agli altri commensali, sedettero, guardarono il cibo e finalmente cominciarono a mangiare.

Parlavano poco e solo se interrogati, ma notai la loro bellezza. Il mento, la fronte e le guance avevano un'ossatura fine, il naso era ben dritto, gli occhi chiari, ma agli angoli della bocca c'erano sempre quei segni di stanchezza.

A metà della colazione ci fu un avvenimento su cui devo richiamare l'attenzione. Il signor Britz, il meccanico del garage, disse: «Eh, vedo dal giornale che anche oggi il presidente è a caccia di fondi».

Il nuovo venuto, Smith, sbuffò di rabbia. «Quell'uomo terribile! Ho sempre odiato Westercott.»

Tutti lo guardammo e io smisi di mangiare.

La signora Smith diede un'occhiata di rimprovero al marito. Lui tossì piano e continuò a mangiare.

Britz fece la faccia scura per un momento, poi tutti finimmo di fare colazione, ma io ricordo ancora le parole. Smith aveva detto: «Quell'uomo terribile! Ho sempre odiato Westercott».

Non lo dimenticherò mai.

Quella notte lei pianse di nuovo, come se si fosse persa nel bosco, e io rimasi sveglio per un'ora a pensare.

C'erano tante cose che avrei voluto chiedere, ma era difficile incontrarli, perché restavano sempre chiusi in camera.

Il giorno dopo, tuttavia, era sabato. Li sorpresi in giardino a guardare le rose, senza toccarle, e dissi: «Bella giornata».

«Una meravigliosa giornata!» esclamarono quasi contemporaneamente e risero, imbarazzati.

«Oh, non intendevo così bella» sorrisi.

«Lei non sa quanto, non sa quanto... non può neanche

immaginarlo» disse la moglie, e all'improvviso le vennero le lacrime agli occhi.

Io ero stupito. «Mi dispiace» cominciai. «Si sente bene?»

«Sì, sì.» La signora si soffiò il naso e andò più avanti a cogliere dei fiori. Io guardavo il melo da cui pendevano i frutti rossi, e alla fine trovai il coraggio di chiedere: «Posso domandarle da dove viene, signor Smith?».

«Dagli Stati Uniti» rispose lentamente e come mettendo insieme le parole.

«Oh, avevo avuto la sensazione che...»

«Fossimo stranieri?»

«Sì.»

«Siamo degli Stati Uniti.»

«E di cosa si occupa, signor Smith?»

«Io penso.»

«Capisco» dissi, perché le risposte non erano soddisfacenti. «A proposito, qual è il nome di Westercott?»

«Lionel» rispose Smith guardandomi. Le guance persero colore e parve in preda al panico. «Per favore,» disse piano, ma con voce disperata «perché mi fa queste domande?» Poi corsero in casa prima che potessi scusarmi. Dalla finestra sulle scale mi sbirciarono come se fossi la più grande spia del mondo. Mi sentii pieno di vergogna e disprezzo per me stesso.

La domenica mattina davo una mano a pulire in casa. Bussai alla porta degli Smith, ma non ci fu risposta. Per la prima volta mi misi a origliare e percepii il ticchettio, i piccoli scatti e ronzii di alcuni orologi che scandivano tranquillamente il tempo nella stanza. Ero affascinato. *Tic-tic-tic-tic-tic.* Due, anzi tre orologi. Quando aprii la porta per prendere il cestino della carta straccia, li vidi sistemati sul comò, sul davanzale e un comodino; orologi grandi e piccoli che segnavano l'ora del tardo mattino, ronzando come in una stanza piena d'insetti.

Perché tanti?, mi chiesi. Il signor Smith aveva detto di essere un pensatore.

Presi il cestino della carta e lo portai all'inceneritore. Stavo per vuotarlo, quando, verso il fondo, trovai un fazzoletto della signora. Lo tenni fra le dita un momento, avvertendo un profumo di fiori, poi lo gettai nel fuoco.

Non bruciava.

Lo feci andare più giù con l'attizzatoio, ma il fazzoletto non s'infiammava.

Andai nella mia stanza, presi l'accendisigari e accostai la fiamma al tessuto. Non bruciava e non si poteva strappare.

Poi ripensai ai loro vestiti. Ecco perché sembravano strani: il taglio era giusto e la stoffa adatta alla stagione, ma giacche, camicie e completi non avevano una sola cucitura.

Quel pomeriggio gli Smith andarono di nuovo in giardino. Guardandoli dalla finestra notai che stavano vicini, si tenevano per mano ed erano infervorati nella conversazione.

Fu allora che avvenne la cosa terribile.

Un rombo risuonò in cielo. La donna alzò gli occhi, urlò, si portò le mani al viso e cadde. L'uomo impallidì, guardò il sole senza vederlo e s'inginocchiò accanto alla moglie, esortandola ad alzarsi. Lei rimase dov'era, in preda all'isterismo.

Nel tempo che impiegai a scendere per aiutarli, se

n'erano andati. Evidentemente avevano girato da un lato della casa mentre io arrivavo da quello opposto. Il cielo era deserto, il rombo svaniva in lontananza.

Perché, mi domandai, il semplice, banale suono di un aereo che passa inosservato le ha causato un attacco di panico?

L'aeroplano ripassò un momento dopo con questa scritta sulle ali: FIERA DELLA CONTEA! PARTECIPATE! CORSA E DIVERTIMENTI!

Non c'è niente di cui aver paura, pensai.

Alle nove e mezzo passai davanti alla loro stanza e vidi la porta aperta. Sulle pareti c'erano tre calendari in fila, tutti con la data del 18 agosto 2035 evidenziata in un cerchio.

«Buonasera» dissi cortesemente. «Avete dei bei calendari, possono sempre tornare utili.»

«Sì» confermarono.

Tornai nella mia stanza e rimasi al buio per un po' prima di accendere la luce: mi chiedevo a cosa potessero servire tre calendari del 2035. Pazzesco, perché erano una coppia normalissima. Tutto quello che li circondava era pazzesco tranne loro stessi, persone pulite, ragionevoli e con belle facce; pure, il mio cervello vorticava. I calendari, gli orologi, i cronometri da polso che valevano mille dollari l'uno (ne ho visti altri), l'attenzione con cui misuravano il tempo. Ripensai al fazzoletto che non bruciava e ai vestiti senza cuciture. E alla frase «Ho sempre odiato Westercott».

Ho sempre odiato Westercott.

Lionel Westercott: al mondo non potevano esserci due persone con un nome tanto particolare. Lionel Westercott.

Lo ripetei a me stesso nella notte estiva. Era una notte tiepida in cui le falene danzavano dolcemente, sfiorando la zanzariera con un tocco di velluto. Dormii irregolarmente, pensando al mio lavoro piacevole, alla bella cittadina, alla pace che regnava dappertutto e alla gente felice; poi agli occupanti della stanza a fianco, le uniche persone a non essere felici in città, o al mondo. Quei segni agli angoli della bocca mi perseguitavano; segni di stanchezza, come quelli intorno agli occhi, ma eccessivi in persone così giovani.

Dovevo essermi addormentato un poco, perché alle due, come al solito, fui svegliato dal pianto di lei. In quel momento parlava. «Dove siamo? Come ci siamo arrivati? Dove siamo?» E in risposta la voce di lui, suadente: «Zitta, zitta, per favore».

«Siamo salvi, siamo salvi, siamo salvi?»

«Sì, cara, sì.»

Poi altri singhiozzi.

Avrei potuto pensare un mucchio di cose. Altri avrebbero fatto l'ipotesi che ci fosse di mezzo un delitto, che gli Smith cercassero di sfuggire alla giustizia. La mia mente non andò in quella direzione, e rimasi a sentire la donna piangere nel buio, finché il pianto mi spezzò il cuore, filtrò nelle mie vene e salì alla testa; e siccome tanta tristezza e solitudine mi turbavano in modo insopportabile, mi alzai, mi vestii e lasciai la casa. M'incamminai con l'intenzione di fare una passeggiata, e prima di rendermene conto ero già arrivato al colle che guarda sul lago. Lì sorge la biblioteca scura e immensa di cui, come custode, avevo in mano le chiavi. Senza sapere il perché, entrai nel grande edificio silenzioso alle due del mattino e attraversai sale e corridoi, accendendo qualche luce. Poi presi un paio di grossi libri e cercai determinate righe e paragrafi, pagina dopo pagina per quasi un'ora, nel buio del primissimo mattino. Accostai una sedia e mi sedetti, poi mi rivolsi ad altri libri. I miei occhi frugavano e cominciavo a stancarmi, ma alla fine il dito si fermò su un nome. "William Westercott, uomo politico di New York. Sposato dal gennaio 1998 con Aimée Ralph. Un figlio, Lionel, nato nel febbraio 2000."

Chiusi il libro e dopo aver serrato la porta lasciai la biblioteca, tornando verso casa con un senso di freddo; dal cielo nero le stelle rischiaravano il mattino estivo.

Per un momento rimasi davanti alla casa addormentata, con il portico deserto e le tendine che ondeggiavano in ogni stanza al tiepido vento di agosto, e senza accenderlo tenni in mano un sigaro. Tesi le orecchie, ed ecco su di me, come il verso di un uccello notturno, il pianto della donna sola. Aveva avuto un altro incubo, ma, pensai, gli incubi sono ricordi, sono basati su cose che ricordiamo vivide e terribili e con troppi particolari, e quella donna ne aveva avuto un altro e aveva paura.

Guardai la città intorno a me, le casette, le dimore della gente, la campagna al di là delle abitazioni, diecimila chilometri di campi, fattorie, fiumi e laghi, strade colline montagne città di tutte le dimensioni addormentate nelle ore prima dell'alba, così tranquille, con le luci stradali che cominciavano a spegnersi quando non ce n'era più bisogno nell'ora notturna. Pensai alla gente di tutto il paese e degli anni a venire, e a noi che quest'anno eravamo felici, perché avevamo un buon lavoro.

Salii al piano di sopra, superai la porta degli Smith,

andai a letto e mi rimisi ad ascoltare, e là, oltre la parete, la donna diceva «Ho paura, ho paura» con voce debole mista al pianto.

Mi sentivo gelido come un antico pezzo di ghiaccio messo fra le coperte e tremavo, perché sebbene non sapessi niente ormai sapevo tutto, sapevo da dove venissero i due viaggiatori, quali incubi avessero, cosa temesse la donna e da cosa scappassero.

Ricostruii tutto poco prima di riaddormentarmi, mentre lei continuava a piangere. Lionel Westercott, pensai, avrà l'età richiesta per diventare presidente degli Stati Uniti nel 2035.

Desiderai che il sole non sorgesse il giorno dopo.

Titolo originale: *Sometime before Dawn*

Viva il capo
2003-2004

«Come dice?»

Silenzio.

«Vuole ripetere?»

Silenzio e un ronzio intermittente al telefono.

«Dev'esserci un problema di linea, non riesco a credere a quello che sento. Ripeta, per favore.»

Il funzionario governativo si alzò lentamente dalla sedia, schiacciando il ricevitore all'orecchio. Guardò la finestra, poi il soffitto, le pareti, e lentamente sedette di nuovo.

«Ripeta ancora.»

Dal telefono, ronzii.

«Il senatore Hamfritt, dice? Un momento, la richiamo subito.»

Il funzionario riattaccò, si girò verso la finestra e guardò la Casa Bianca al di là del prato.

Allungò una mano e toccò il bottone dell'intercom.

Quando la segretaria comparve sulla soglia, disse: «Si sieda, deve ascoltare questa telefonata».

Prese il telefono, digitò un numero e attivò il vivavoce.

Quando risposero, il funzionario disse: «Parla Elliott. Lei ha chiamato qualche minuto fa? Bene. Le dispiace tornare sui particolari? Il senatore Hamfritt, ha detto. Un casinò indiano in North Dakota? Ho capito. Quanti senatori? Tredici, ed erano lì la notte scorsa. È sicuro dei fatti? Lui non era ubriaco? Ah, era ubriaco. Be', è tardi, ma chiamerò il presidente».

Il funzionario abbassò il ricevitore e si voltò lentamente verso la segretaria.

«Conosce quell'idiota di Hamfritt?»

Lei annuì.

«E sa cosa ha fatto, l'imbecille?»

«Muoio dalla curiosità.»

«Qualche ora fa è andato in una riserva indiana del North Dakota con altri dodici senatori. Dice che doveva fare un'inchiesta sul territorio.»

La segretaria aspettava.

«Poi si è messo a giocare alla roulette con il capo della tribù più grande, Nuvola di Ferro. La posta era la città di New York, e l'ha persa.»

La segretaria si sporse in avanti.

«Poi hanno cominciato a giocarsi gli Stati... e hanno perso anche quelli. Alle due del mattino si erano ubriacati insieme al capo indiano e avevano perso gli Stati Uniti al gran completo.»

«Santo cielo» disse la segretaria.

«Vorrei ammazzarmi, ma prima bisogna chiamare la Casa Bianca. Chi lo dice al presidente?»

«Io no» rispose la segretaria.

Il presidente degli Stati Uniti correva sulla pista dell'aeroporto.

«Signore!» gridò un attaché. «Lei non è vestito.»

Il presidente guardò il pigiama che portava sotto il soprabito.

«Mi cambierò in aereo. Dove diavolo siamo diretti?»

L'attaché si rivolse al pilota. «Dove diavolo siamo diretti?»

Il pilota lesse un dispaccio e riferì: «Il Grande Casinò Rosso di Pocahontas, a Ojibway, North Dakota».

«E dove diavolo sarebbe?»

«Sul confine canadese» rispose l'attaché. «È una zona sicura, lì votano soltanto i caribù. L'anno scorso è stata una valanga.»

«L'aeroporto è abbastanza grande per l'Air Force One?» chiese il presidente.

«A malapena.»

«Che ore sono?»

«Le tre del mattino.»

«Dio, cosa non si fa per governare un paese» osservò il presidente.

A bordo, si mise a sedere mentre altri versavano i drink e disse: «Datemi i particolari».

«Ecco com'è andata, signore. C'è stato un incontro di senatori democratici in North Dakota. Un gruppo formato da tredici di loro è andato al Grande Casinò Rosso di Pocahontas per una serata di baldorie.»

«Non mi dica» fece il presidente degli Stati Uniti.

«Be', una cosa tira l'altra, si sono giocati l'intero dannato paese.»

«Con un lancio di dadi?»

«No, a quanto ho saputo. Uno Stato alla volta.»

«Dio mio.»

«Per la precisione, signore, hanno perso innanzitutto

la città di New York. Il primo Stato che ci siamo giocati è la Florida.»

«Mi torna.»

«Dopodiché, hanno cominciato a scommettere sugli Stati del Sud. Si vede che pensavano alla Guerra civile.»

«Come sarebbe?»

«Non ho le idee chiare, e neanche tutti i particolari, ma la Guerra civile non è mai stata del tutto dimenticata. Sarebbe tipico dei democratici del Sud cercare di rendere la terra agli indiani.»

«E poi?»

«Be', hanno continuato con il resto del paese. L'ultimo è stato l'Arizona, e in men che non si dica la bella America è passata di proprietà, da un oceano all'altro, a Nuvola di Ferro.»

«Il capo indiano?»

«Sì, è lui che dirige il casinò.»

Il presidente rifletté, poi disse: «Se loro bevono, posso bere anch'io. Riempia il bicchiere».

Il presidente degli Stati Uniti piombò nel Grande Casinò Rosso di Pocahontas e si guardò intorno.

«Dov'è la stanza da fumo?»

L'attaché indicò.

«E dove sono quegli stupidi, degenerati senatori dei miei stivali?»

«Là dentro, naturalmente.»

Il presidente spalancò la porta di colpo per sorprendere i tredici, che si alzarono fissando il pavimento.

«Sedetevi!» gridò il presidente. «No, rimanete in piedi mentre vi pesto! Statemi a sentire, adesso siete sobri?»

Quelli annuirono.

«Allora abbiamo tutti bisogno di un drink.»

Smith, l'attaché, si precipitò fuori. In un attimo fu servita la vodka.

«Okay, beviamo e cerchiamo di risolvere questo pasticcio.»

Poi li guardò e aggiunse: «Santo cielo, al vostro confronto i Rolling Stones sembrano gli apostoli all'Ultima Cena».

Ci fu un lungo silenzio.

«Chi è il responsabile? Il senatore Hamfat?»

«Hamfritt» mormorò uno dei tredici.

«Hamfritt. Ancora un momento. Smith, i media sono a conoscenza di quello che è successo?»

«Non ancora, signore.»

«Dio, se i network lo scoprono diventeremo carne per polpette.»

«C'è stata una telefonata della CNN un'ora fa, volevano sapere che succede...»

«Mandateli a morire.»

«Non possiamo, signor presidente.»

«Provateci.»

Il presidente si rivolse di nuovo ai tredici senatori. «Va bene, adesso ditemi come siete riusciti a giocarvi le nostre imponenti cime azzurre e fertili pianure.»

«Non tutti i gioielli in un colpo» disse un senatore. «È successo un po' alla volta.»

«Un po' alla volta!» gridò il presidente.

«Abbiamo cominciato piano e poi ci abbiamo dato dentro. In un primo momento giocavamo a poker, ma ci divertivamo e siamo passati al blackjack. Poi la roulette ci è sembrata la cosa migliore.»

«Roulette, certo. Il modo più spiccio per perdere tutto.»

«Più spiccio» annuirono i senatori, che erano d'accordo.

«Comunque, lo sa com'è quando si perde, si raddoppiano le scommesse. Anche noi abbiamo raddoppiato, offrendo agli Indiani il North e il South Carolina, e abbiamo perso anche quelli, Dio santo. Poi abbiamo continuato a bere e ci siamo eccitati. Abbiamo offerto il North e il South Dakota e abbiamo perso.»

«Continuate» disse il presidente.

«Poi ci siamo giocati la California.»

«Perché valeva doppio?»

«Sissignore. La California è in realtà quattro Stati: nord, sud, Hollywood e Los Angeles.»

«Oh» disse il presidente.

«In ogni caso, in poche ore avevamo perso tutto e qualcuno ha avuto l'idea che bisognava chiamare Washington, DC.»

«Vi sono grato per averci pensato» disse il presidente. «Smith, questo delirio ha qualche valore legale?»

«Solo se lei terrà conto delle reazioni di Francia, Germania, Russia, Giappone e Cina, signor presidente.»

«Okay. C'è un avvocato, in questo maledetto casinò?»

«Ma certo» disse l'attaché. «Duecento che giocano a poker al piano di sopra. Ne vuole uno?»

«È impazzito?» disse il presidente. «Un'ora o due e saremmo sommersi fino al collo.»

Il presidente rimase immobile per un lungo momento, con gli occhi chiusi e le dita contratte sulle ginocchia fino a sbiancare. Sembrava uno che corra alla cieca contro una montagna.

Si umettò le labbra cinque o sei volte, ma il sibilo del

fiato e un pizzico di saliva gli uscirono di bocca solo quando strinse le ginocchia più forte. «Di tutti i più stupidi, deficienti, offuscati e assurdi...»

«Sì, signore» disse uno dei senatori.

«Non ho finito!» scattò il presidente.

«Sì, signore.»

«Di tutti i più idioti, ciechi...»

S'interruppe.

«Offuscati bastardi» suggerì qualcuno.

«Ubriachi e bastardi imbecilli!»

Tutti annuirono.

«Maniaci, lunatici, insensati, stupidi idioti! Gesù Cristo, Dio onnipotente!»

Il presidente aprì gli occhi. «Vi rendete conto che, a paragone, le Nazioni Unite sembreranno un ritrovo di angioletti? Un convegno di Einstein? Una casa intera di Padri, Figli e Spiriti Santi?»

Silenzio.

«Signor presidente, ha la faccia molto rossa.»

«Avrei detto viola» replicò il presidente. «C'è un articolo della Costituzione che consenta al presidente di uccidere, massacrare, fulminare una manica di senatori suonati?»

«Nessun articolo, signor presidente» disse Smith.

«Mettetelo all'ordine del giorno nella prossima seduta del Congresso.»

Alla fine si calmò e aprì i pugni. Guardò prima l'una e poi l'altra zampa vuota per vedere se la risposta fosse lì. Tra le ciglia si fecero strada le lacrime.

«Adesso cosa facciamo?» belò. «Cosa facciamo?»

«Signor presidente.»

«Cosa facciamo?» ripeté, piangendo sommessamente.

«Signore.»

Il presidente alzò gli occhi.

C'era un distinto personaggio, un nativo americano con un alto cappello. Era molto basso e sembrava una squaw.

Il basso nativo americano disse: «Posso fare una proposta, signore? Il capo del Consiglio Irochese-Waukesha-Chippewa, proprietario del casinò e ora degli Stati Uniti d'America, si domanda se voglia un'udienza con lui».

Il presidente degli Stati Uniti cercò di alzarsi.

«Non si scomodi.» Il signore basso con il cappello nero e imponente aprì la porta e un'ombra solenne dagli occhi di ferro scivolò nella stanza.

Aveva piedi silenziosi come la lince rossa, un'ombra altissima fra le ombre. Non arrivava ai due metri di altezza, ma l'espressione del volto sereno era quella dell'eternità. Nei suoi lineamenti riviveva lo sguardo dei presidenti morti e dei capi indiani perduti.

Qualcuno, forse il piccolo messaggero simile a una squaw, intonò un'aria celebrativa a fior di labbra: qualcosa che aveva a che fare con un capo e un evviva.

La voce tempestosa del proprietario di molti casinò tuonò dall'alto.

Il piccolo messaggero simile a una squaw tradusse.

«Chiede quale sia il problema.»

A quelle parole i senatori provarono l'impulso collettivo di precipitarsi all'uscita, ma qualcosa li impietrì dov'erano: il debole ronzio delle vene gonfie sulla fronte del presidente.

Massaggiandosi la testa per calmare il sangue infuriato, disse: «Avete rubato il nostro paese».

La voce parlò in cielo e fu tradotta in terra.

«Solo uno Stato alla volta.»

Dalle grandi altezze un mormorio arrivò al piccolo indiano, che annuì ripetutamente.

«Egli propone» riferì il piccoletto «un'ultima mano. Il capo è disposto a scommettere lealmente e forse a perdere l'intera posta.»

Un tremito, simile a quello di un formidabile terremoto, scosse i senatori. Le labbra si atteggiarono a un sorriso. Il presidente sentì il bisogno di svenire, ma lo evitò.

«Un'ultima mano?» gemette. «E se perdessimo di nuovo? Cosa possiamo offrire in cambio?»

Il piccolo indiano riferì alla colonna di carne che sembrava legno rosso ed ebbe la risposta.

«Ci darete Francia e Germania.»

«Ma non possiamo!» esclamò il presidente.

«Ah, no?» fece la gran voce tempestosa.

Il presidente rimpicciolì di due taglie.

«Allora.» L'ombra si muoveva come l'inverno nelle sue altitudini.

«Allora?» pigolò quello che improvvisamente era diventato l'ex presidente degli Stati Uniti.

«Le regole» recitò il piccolo interprete al piano terra. «Se perderete, ci terremo gli USA e voi costruirete casinò in tutti e cinquanta gli Stati più scuole elementari, superiori e college su tutto il territorio indiano. Intesi?»

Il presidente annuì.

«Se vincerete,» continuò il piccoletto «riavrete indietro l'America, ma dovrete fare le stesse cose: costruire scuole e casinò in tutti i territori, pur avendo vinto.»

«Incredibile!» gridò il presidente. «Non si possono applicare le stesse regole se si vince o si perde.»

Le ombre confabularono tra loro.

«Eppure andrà così.»

Il presidente deglutì e alla fine disse: «Cominciamo».

Le dita grandi come pale del proprietario di cinquanta Stati e relativi Casinò Rossi si agitarono nell'aria. Tenevano un mazzo di carte.

«Il gioco» echeggiò la voce dall'alto.

Il presidente sentì di avere braccia e gambe inerti.

«Blackjack» mormorò il piccolo assistente indiano. «Due carte per uno.»

Alla fine, con lentezza, il presidente posò le sue carte a faccia in giù.

La voce tuonò ancora dall'alto.

Il piccoletto tradusse: «Prima lei».

Il presidente raccolse le carte e un gran sorriso gli illuminò il volto. Aveva cercato di controllarlo, ma senza riuscirci.

Guardò il gran capo indiano e disse: «Ora tocca a lei».

Un tuono in lontananza.

L'interprete ripeté: «Prima ci mostri la sua mano».

Il presidente degli Stati Uniti girò le carte. Il totale era diciannove.

«Adesso lei» sussurrò il presidente.

Il tuono brontolò ancora e il piccolo indiano disse: «Avete vinto».

«Come fa a dirlo,» sbottò il presidente «se non ci mostra le sue carte? Magari ha venti o ventuno.»

Il clima della stanza cambiò improvvisamente e il piccolo indiano ripeté: «Avete vinto. Il paese è vostro. Ancora una cosa».

Porse al presidente un foglio di carta.

C'era scritto: "Ventisei dollari e novanta centesimi".

«Quello» aggiunse il piccolo indiano «è il prezzo pagato per l'isola di Manhattan molte lune fa.»

Il presidente prese di tasca il portafoglio.

La voce tonante si fece risentire.

«Lui dice in biglietti di piccolo taglio» tradusse l'interprete.

Il presidente allungò il denaro e la grande mano di legno rosso lo afferrò.

Rimbombando contro il soffitto, la voce parlò di nuovo.

«Che altro c'è?» chiese il presidente.

L'interprete tradusse. «Spera che costruirete molte navi e dice che verrà al porto per augurarvi buon viaggio verso il paese da cui siete venuti. Qualunque sia.»

«Ha detto così, eh?»

Il presidente degli Stati Uniti guardò le carte sul tavolo, voltate a faccia in giù.

«Non dovrei vederle, per essere sicuro di non avervi gabbato?»

Il piccolo indiano scosse la testa.

Il presidente andò alla porta, si voltò e disse: «Cos'è questa storia delle navi? Io non andrò da nessuna parte».

Una voce sussurrò dall'alto.

«Ah, no?»

E il presidente degli Stati Uniti infilò la porta, seguito dai senatori.

Titolo originale: *Hail to the Chief*

Ci comporteremo normalmente
1948-1949

Erano quasi le sette di sera. Susan continuava ad alzarsi e a guardare dalla finestra del portico, da dove si vedevano il fianco della collina che digradava verso i binari e i treni che passavano sbuffando fumo. I semafori rossi e verdi si specchiavano nei suoi grandi occhi castani e la mano grassottella, nel buio, era di un colore ancora più scuro. La premeva in continuazione sulla bocca e guardava l'orologio. «Quel vecchio arnese dev'essere in anticipo» disse. «Quel vecchio orologio di stagno è matto.»

«Non è mica matto» intervenne Linda da un angolo, con una pila di dischi fonografici nelle mani nere, passandoli in rassegna. Ne scelse uno, lo mise sul Grafonola e avviò l'apparecchio. «Perché non ti siedi e ti calmi un po', ma'?»

«Ho i piedi ancora in buono stato» disse Susan. «Non sono tanto vecchia.»

«Vedrai che viene, vedrai che viene, è tutto a posto. E se non viene, non viene» disse Linda. «Mica puoi spingere il treno o cambiare i segnali sulla ferrovia. A che ora ha detto che veniva?»

«Alle sette e quindici arrivava il treno, si fermava mezz'ora qui prima di proseguire per New York. Ha detto che prendeva un taxi e veniva direttamente a casa, di non andargli incontro alla stazione.»

«Si vergogna, ecco perché» disse Linda beffarda.

«Tu stai zitta o te ne vai a casa» disse Susan alla figlia. «Lui è una brava persona. Lavoravo per la sua famiglia quando era alto cinque dita. Lo portavo a spalla in città e non si vergognava di niente.»

«È successo un sacco di tempo fa, quindici anni. Adesso è grande.»

«Mi ha mandato il suo libro, no?» gridò Susan, indignata. Prese il libro sulla sedia rosicchiata, lo aprì e lesse la dedica sul frontespizio. «"Alla cara Mammy Susan, con tutto il mio affetto, Richard Borden."» Richiuse il libro di scatto. «Ecco qua.»

«Ma non significa niente, sono parole scritte. Chiunque lo può fare.»

«Hai sentito quello che ti ho detto.»

«Guadagna centomila dollari all'anno, adesso. Perché deve preoccuparsi di una come te, prendersi il disturbo?»

«Perché gli ricordo la madre e il padre, la nonna e il nonno, perché lavoravo per loro. Trent'anni ho lavorato, ecco perché, e il fatto che è diventato uno scrittore che c'entra? Perché non dovrebbe venire qui a parlare di tutte quelle cose?»

«Mica lo so.» Linda scosse la testa. «Non me lo chiedere.»

«Verrà col treno delle sette e un quarto. Aspetta e vedrai.»

Il Grafonola cominciò a diffondere la musica del Knickerbocker Quartette che cantava *Pretty Baby*.

«Spegni quel coso» disse Susan.

«Non do fastidio a nessuno.»

«Non sento niente.»

«Non c'è bisogno di sentire, hai gli occhi, lo vedrai quando arriva.»

Susan andò all'apparecchio e girò l'interruttore. Le voci

morirono, il silenzio era fitto e pesante. «Ecco fatto» disse, guardando la figlia. «Adesso posso pensare.»

«Che farai quando viene?» chiese Linda alzando gli occhi bianchi e astuti.

«Che vuoi dire?» Susan si fece cauta.

«Lo baci, lo abbracci?»

«Non so, non ci ho pensato.»

Linda scoppiò a ridere. «Meglio che cominci, allora. È un uomo fatto, ormai, mica un ragazzino. Magari non gli piace essere abbracciato e baciato.»

«Farò quello che farò quando viene il momento» ribatté Susan, girando la schiena. Una ruga le apparve sulla fronte. Aveva voglia di prendere a schiaffi Linda. «E finiscila di mettermi idee in testa. Ci comporteremo normalmente, come sempre.»

«Scommetto che ti stringerà la mano e siederà sul bordo della sedia.»

«Non farà niente di tutto questo. Era sempre allegro.»

«Scommetto che non ti chiamerà Mammy, ma signora Jones.»

«Mi chiamava zia Jemima, diceva che ero uguale a lei e voleva sempre che gli preparavo i pancake. Era il ragazzino più sveglio che c'è.»

«Non è male nemmeno adesso, dalle foto che ho visto.»

Susan chiuse gli occhi per un lungo momento e non disse niente. Poi riprese: «Dovresti sciacquarti la bocca con la candeggina». Toccò le tende alla finestra, esplorando di nuovo il territorio, e cercò il fumo all'orizzonte. All'improvviso, un grido. «Eccolo, arriva! Lo sapevo, lo sapevo.» Guardò l'orologio con gli occhi sbarrati. «In perfetto orario, vieni a vedere.»

«Ho già visto un treno.»

«Guarda quanto fumo!»

«Ho visto tanto di quel fumo da bastarmi tutta la vita.»

Il treno rombò nella stazione sottostante con un fragore d'inferno e un fischio di fuoco.

«Adesso non manca molto» disse Susan sorridendo, con un dente d'oro in mostra.

«Non stare in ansia.»

«Sono troppo contenta, di' quello che vuoi. Mi sento bene.»

Il treno si era fermato e la gente scendeva. Lei riusciva a vederli in fondo alla collina, uomini e donne piccolissimi che si muovevano e agitavano nella stazione di cemento. Pensò a lui, a com'era adesso e come era stato allora. Ricordò la volta in cui era tornato da scuola, a sette anni, e aveva dimenticato di salutarla. Lei aveva una casa dall'altra parte della città; ogni pomeriggio prendeva il tram delle quattro e lui non l'aveva accompagnata alla fermata. Piangendo, l'aveva inseguita per tutta la strada e l'aveva raggiunta appena in tempo. L'aveva abbracciata, singhiozzando alle sue ginocchia, mentre Susan lo consolava china su di lui.

«È una cosa che *tu* non hai mai fatto» disse, arrabbiata.

«Cosa non ho mai fatto?» chiese Linda, sorpresa.

«Niente, niente.» Susan sprofondò di nuovo nei suoi ricordi. Una volta, quando Richard aveva tredici anni ed era tornato dopo averne passati due in California, l'aveva trovata nella cucina della nonna e si era messo a saltarle intorno, mai finendo di ridere e stringerla a sé. Il ricordo la faceva sorridere, era una cosa buona. E adesso, quindici anni dopo, era un grande scrittore di Hollywood diretto a New York, dove debuttava la sua commedia. Sei mesi prima le aveva spedito per posta il primo libro, e il giorno precedente una lettera in cui diceva che si sarebbe fermato a salutarla. Quella notte lei non aveva dormito bene.

«Nessun bianco vale tanta frenesia» disse Linda. «Io me ne vado a casa.»

«Tu resti dove sei» ordinò Susan.

«Non voglio stare qui quando capirai che non è venuto» disse Linda. «Ti chiamo più tardi.» Andò alla porta e l'aprì.

«Torna qui e siediti» disse Susan. «Arriverà da un momento all'altro.»

Linda rimase davanti alla porta mezzo aperta, la richiuse e aspettò un minuto con la schiena appoggiata allo stipite, scuotendo la testa.

«C'è un taxi giallo che sale la collina» disse Susan, appoggiata al vetro freddo della finestra. «Scommetto che è lui.»

«Sì, domani.»

L'attesa continuò.

«Oh» disse Susan battendo le palpebre.

«Cosa c'è?»

«Quello stupido taxi ha girato dall'altra parte.»

«Scommetto che lui è seduto nella carrozza ristorante a sorseggiare un drink. Scommetto che è in compagnia di un branco di uomini come lui e non può allontanarsi. Ha paura di dire che vuol prendere un taxi per andare a salutare un'amica di colore che vive in una cittadina come questa.»

«Non è vero, è in un taxi adesso. Lo sento.»

Passarono dieci minuti, un quarto d'ora.

«Ormai dovrebbe essere qui» disse Susan.

«Invece non c'è.»

«Magari il treno non è quello. Magari l'orologio si è guastato.»

«Chiedo l'ora esatta al telefono?»

«Non toccarlo!» gridò lei.

«Va bene, va bene, era solo un'idea.»

«Solo un'idea, eh? Vattene.» Susan alzò una mano, la faccia contratta.

Aspettarono ancora. L'orologio ticchettava.

«Lo sai che farei se fossi in te?» disse Linda. «Andrei a quel benedetto treno, salirei e chiederei dov'è il signor Borden. Insomma gli darei la caccia, tanto lì deve essere, ci scommetto, che beve con gli amici nella carrozza ristorante. Gli direi: "Senti un po', Richard Borden, ti conosco da quando te la facevi sotto e hai detto che venivi a trovarmi. Perché hai mancato di parola?". Ecco come gli direi, proprio in faccia agli amici.»

Susan non rispose. Erano le sette e trentacinque, fra dieci minuti il treno sarebbe ripartito. Sarà stato trattenuto, pensò. Verrà, non è il tipo che fa certi scherzi.

«Be', io vado a casa, mamma. Ti chiamo più tardi.»

Stavolta lei non cercò di fermare Linda. La porta si richiuse e i passi svanirono in lontananza.

Senza la figlia, Susan si sentì meglio. Aveva il presentimento che, andata via la ragazza col suo cattivo influsso, Richard Borden sarebbe arrivato senz'altro. Aveva soltanto aspettato che Linda se ne andasse, in modo da essere soli.

È laggiù da qualche parte, pensò Susan, sul treno. Poi ebbe una stretta al cuore: e se fosse stato veramente nella carrozza bar, a bere come aveva detto Linda? No! Doveva aver dimenticato. Forse non si era neanche accorto che quella era la sua città natale. Un errore, il capotreno non l'aveva avvertito o qualcos'altro. Susan si torse le mani. Seduto nella carrozza calda a bere. Seduto nella sera dopo quindici anni. Tante luci gialle sul treno, il vapore che sbuffava piano. Vieni, Richard! Se non vieni lo dico a tua madre! Respirava pesantemente e con fatica, si sentiva vecchia. Se non arrivi fra un minuto farò come ha detto Linda, verrò giù e ti parlerò faccia a faccia.

Ma non poteva farlo. Non poteva imbarazzarlo davanti agli amici, assolutamente. Lascialo dov'è, allora. È stato tutto uno sbaglio, e dell'orologio non c'è da fidarsi.

Il treno fischiò il preavviso.

No, si disse di nuovo. Non può già ripartire.

Vide i passeggeri che risalivano in vettura. Doveva essersi sentito male. Non era affatto sul treno, ma ammalato a Chicago. E se invece è laggiù in questo momento, in questo preciso istante, avrà tentato di prendere un taxi? Magari non ne ha trovato uno libero, magari è uscito a piedi intorno alla stazione, alzando gli occhi verso la casa di lei, in collina... L'avrebbe chiamata il giorno dopo da New York o non si sarebbe fatto più vivo? No, mai più. Se davvero era sul treno, non le avrebbe più scritto dopo quello che era avvenuto.

Il fischio della locomotiva si alzò di nuovo. Un grosso pennacchio di fumo si librò nell'aria della sera.

Poi il treno uscì dalla stazione, sobbalzando, prese velocità e sparì.

Susan era immobile alla finestra. La casa silenziosa. Guardò l'orizzonte a ovest e pensò che doveva essere il treno sbagliato. Il prossimo sarebbe arrivato fra un minuto. Prese la sveglia, che mandava un ticchettio di latta da pochi soldi. «Orologio del cavolo, sempre l'ora sbagliata!» esclamò, e lo gettò nella spazzatura.

Tornò alla finestra.

Il telefono squillò una volta. Lei non si girò e il telefono squillò di nuovo, con insistenza. Susan teneva d'occhio l'orizzonte mentre il telefono continuava a squillare, e così per almeno sei volte.

Finalmente andò a rispondere, ma prima di alzare il ricevitore lo tenne un po' fra le dita. A un tratto lo accostò all'orecchio.

«Pronto, mamma?»

Era Linda.

«Ma', vieni a dormire a casa mia stasera. So come ti senti» disse la voce.

«Che significa?» gridò Susan al microfono, arrabbiata. «Lui se n'è appena andato.»

«Cosa?»

«Sì, era alto e bello ed è arrivato con un taxi giallo solo per un minuto, e sai cosa ho fatto? L'ho abbracciato, baciato e mi sono messa a ballare!»

«Oh, mamma.»

«Lui parlava, rideva, è stato buono con me e mi ha dato dieci dollari, poi abbiamo ricordato i vecchi tempi, tutti ma proprio tutti quelli della famiglia, ecco com'è andata, poi ha ripreso il taxi giallo ed è tornato al treno, che è partito. È un vero gentleman.»

«Sono contenta, mamma.»

«Sissignore» disse Susan, guardando dalla finestra e tenendo il ricevitore con le mani che tremavano. «Un vero gentleman.»

Titolo originale: *We'll Just Act Natural*

Olé, Orozco! Siqueiros, *sí*!
2003-2004

Sam Walter entrò all'improvviso nel mio ufficio, guardò la collezione di poster alle pareti e disse: «Quanti grandi artisti del Messico conosci?».

Io dissi: «Conosco Rivera, Martínez. Delgado».

«E questo?»

Gettò un opuscolo colorato sul mio tavolo.

«Leggi.»

Lessi la scritta in grandi lettere rosse.

«"Siqueiros, *sí*, Orozco, *olé*."» Lessi ancora. «"Galleria Gambit, Boyle Heights." Fanno una mostra di Orozco e Siqueiros dall'altra parte del fiume?»

«Leggi la scritta in piccolo.» Sam batté il dito sullo stampato.

«"Una mostra commemorativa dell'arte di Sebastián Rodríguez, erede al trono di Siqueiros e Orozco."»

«Ti ci porto» disse Sam. «Guarda la data.»

«Venti aprile. Ma è oggi alle due, fra un'ora! Diavolo, non posso...»

«Puoi. Sei un esperto d'arte, giusto? E non è l'inaugurazione, è la chiusura. Un funerale.»

«Funerale?»

«L'artista, Sebastián Rodríguez, sarà presente. Ma è morto.»

«Vuoi dire...?»

«È una veglia funebre. Saranno presenti il padre e la madre, verranno i fratelli e le sorelle. Il cardinale Mahoney farà un salto.»

«Santo cielo, era così bravo? Tutta quella gente...»

«Doveva essere una festa, ma è morto per una caduta. Così, invece di annullare tutto hanno deciso di portare il cadavere. Sarà una specie di messa, con i ceri e il coro in lutto.»

«Gesù» dissi.

«Puoi anche ripeterlo.»

«Gesù. Una messa funebre per un artista che nessuno conosce in una galleria di quart'ordine a Boyle Heights, il quartiere messicano-ispanico-ebraico.»

«Gira le pagine. Saranno presenti i fantasmi di Orozco e Siqueiros.»

Girai le pagine e trattenni il respiro.

«Santi numi.»

«Puoi dirlo ancora» fece Sam.

Sulla tangenziale che portava all'ispano-ebraica Boyle Heights, davo i numeri.

«Quel tipo è un genio. Come l'hai scovato?»

«Tramite la polizia» rispose Sam, guidando.

«Tramite cosa?»

«Gli sbirri. Era un delinquente, ha passato qualche ora in galera.»

«Qualche ora? Che aveva fatto?»

«Roba grossa, per farsi il cervello. Ma non in quantità tale da rinchiuderlo troppo a lungo. Grossa in un senso, piccola in un altro. Adesso guarda.»

Alzai gli occhi.

«Vedi lassù?»

«Il ponte? Ormai è passato. Ma perché...?»

«Perché è caduto proprio là.»

«Si è buttato?»

«No, è caduto.» Sam accelerò. «E non noti nient'altro?»

«Dove?»

«La campata, il ponte.»

«Cos'avrei dovuto notare? Andavi troppo forte.»

«Più tardi, quando torneremo, lo vedrai.»

«Dov'è morto?»

«Dove ha passato il suo momento migliore. Dopo è morto.»

«E c'erano anche i fantasmi di Orozco e Siqueiros?»

«Hai afferrato il punto.»

Sam uscì dalla tangenziale.

«Siamo arrivati.»

Non era una galleria d'arte, era una cappella.

Sulle pareti c'erano dipinti dai colori così belli e splendenti che sembrava dovessero volare, prender fuoco nell'aria. Ma c'erano altri fuochi: due o trecento candele ardevano in un gran circolo intorno alla vasta galleria. Erano accese da ore e le fiamme scaldavano come in piena estate, tanto da far dimenticare che fuori era aprile.

L'artista era presente, ma impegnato dalla sua nuova occupazione: un'eternità da riempire in silenzio.

Non era sistemato in una bara, ma su un letto di nuvole bianche come la neve che lo cullava in mezzo alla costellazione di candele; in realtà, stoffa finissima che ondeggiava per un refolo di vento venuto dalla porta attraverso cui era entrato un membro del clero.

Riconobbi la faccia immediatamente: Carlos Jesús Montoya, custode del vasto gregge di *latinos* che vivevano sul letto in secca del prosciugato Los Angeles River. Prete, poeta, avventuriero delle foreste pluviali, amore assassino di diecimila donne, personalità di cui parlavano tutti i giornali, sant'uomo e adesso critico d'arte per «Art News Quarterly», stava sulla prua di una nave che affondava tra le fiamme e scrutava le pareti su cui erano sospesi i sogni perduti di Sebastián Rodríguez.

Guardai anch'io dove puntava lo sguardo e trattenni il fiato.

«Cosa?» mormorò Sam.

«Le pitture» risposi a voce troppo alta. «Non sono vere pitture, ma fotografie a colori.»

«*Sst!*» ammonì qualcuno.

«Parla più piano» mormorò Sam.

«Ma...»

«È tutto come previsto.» Sam si guardò intorno nervosamente. «Prima le foto per stuzzicare la curiosità del pubblico, poi i veri dipinti. Una doppia mostra.»

«Comunque,» dissi «per essere foto sono eccellenti.»

«*Sst!*» ripeterono ancora più forte.

Il grande Montoya mi guardava attraverso un mare di fuoco estivo.

«Foto eccellenti» dissi in un sussurro.

Montoya lesse le mie labbra e annuì regalmente, come un torero nel pomeriggio a Siviglia.

«Un momento» ripresi, come se avessi capito meglio. «Le immagini... io le ho già viste da qualche parte.»

Carlos Jesús Montoya riportò lo sguardo sulle pareti.

«Andiamo» disse Sam, spingendomi verso la porta.

«Aspetta» dissi. «Non interrompere il filo dei miei pensieri.»

«Idiota,» gridò quasi Sam «qui ti farai ammazzare.»

Anche Montoya aveva interpretato il messaggio e annuì nel più impercettibile dei modi.

«Perché dovrebbero ammazzarmi?» chiesi.

«Perché sai troppo.»

«Se non so niente!»

«Invece sì. *¡Ándale! ¡Vámonos!*»

Infilammo la porta e dall'estate ardente passammo nel freddo aprile, ma fummo sballottati da un nugolo di piangenti seguiti dalle prefiche, una massa scura di donne avvolte in scialli neri che versavano lacrime a fontana.

«Nessuna famiglia piange tanto» disse Sam. «Devono essere ex fidanzate.»

Io ascoltavo.

«Certo» dissi.

Altri pianti. Altre donne, più grosse e grasse, seguite da un solenne gentiluomo che si comportava con la calma e la tranquillità di un'asta da stendardo.

«Gente di famiglia» disse Sam.

«Non è che ce ne andiamo troppo presto?»

«È un momento delicato, questo, ma volevo che vedessi tutto personalmente, come osservatore non prevenuto. E soprattutto che non dessi giudizi prima di aver tastato la realtà.»

«Quanto vuoi per il tuo sacco di concime?»

«Non è concime, ma sangue di artisti, sogni di artisti e giudizi critici che si possono perdere o conquistare.»

«Dammi il sacchetto, te lo compro io.»

«No, torna dentro un attimo e dai un'ultima occhiata al genio ucciso, alla verità che sta per essere corrotta.»

«Parli come il sabato sera tardi, quando hai ancora i vestiti addosso e la bottiglia vuota.»

«Non è sabato e questa è la mia fiaschetta. Bevi, un ultimo sorso e un'ultima occhiata.»

Bevvi e mi affacciai alla porta dove il tempo della mietitura avvampava nell'alito dei ceri.

In distanza, il tranquillo Sebastián veleggiava nella sua barca di stoffa bianca. I ragazzi del coro cinguettavano.

Sulla tangenziale dove procedevamo veloci, facevo ipotesi.

«So dove stiamo andando.»

«*Sst*» disse Sam.

«Nel punto in cui Sebastián Rodríguez è saltato.»

«È caduto.»

«È caduto ed è morto.»

«Guarda bene, ci siamo quasi.»

«Davvero? Rallenta, oddio, eccole anche qui!»

Sam rallentò.

«Frena» dissi. «Devo essere fuori di testa. Guarda.»

«Sto guardando.»

Erano raccolte sul cavalcavia della tangenziale, in alto.

«Le pitture di Sebastián che abbiamo visto alla galleria.»

«Quelle erano foto. Ecco gli originali.»

Erano effettivamente là, più vividi e più grandi, fenomenali, stupefacenti. Cataclismici.

«Graffiti» dissi dopo un pezzo.

«Ma che graffiti» aggiunse Sam, alzando gli occhi verso il vetro dipinto di una cattedrale.

«Perché non me li hai fatti vedere prima?»

«Li hai visti, ma con la visione periferica e mentre andavamo a cento all'ora. Adesso li puoi ammirare al naturale.»

«Perché proprio adesso?»

«Non volevo che la realtà interferisse con quel pazzesco mistero. Volevo darti prima le risposte, in modo che tu immaginassi le domande più bizzarre.»

«Le foto della galleria, i graffiti autentici dipinti qui: cosa è venuto prima, l'uovo o la gallina?»

«Mezza gallina e mezzo uovo. Il prelato, Montoya, è passato sotto questi miracoli un mese fa, è tornato indietro perché non credeva ai suoi occhi e si è quasi fracassato in uno scontro.»

«Quindi è stato lui, il primo collezionista delle annunciazioni di Sebastián con annesse rivelazioni tangenziali» osservai.

«Centro! Affascinato da queste bellezze latinoamericane è andato a casa ed è tornato con la macchina fotografica. Gli ingrandimenti erano così stupefacenti, così pieni di significato per l'occhio e per l'anima che Montoya ha concepito un piano da maestro. Dato che molta gente snobba qualunque tipo di arte da strada, si è detto: perché non appendere i fiori al calor bianco di Sebastián alle pareti di una galleria, abbagliando il pubblico e infiammandone i portafogli? Poi, quando fosse troppo tardi per rinnegarlo, per cambiare idea e chiedere la restituzione dei soldi, inscenare la gran rivelazione: "Se pensate che questi capolavori da galleria d'arte siano piovuti dal cielo, alzate gli occhi alla tangenziale 101, cavalcavia 89". Così avrebbe detto Montoya, ed è per questo che ha appeso quelle tavolozze di vita ardente sotto forma di fotografie, pronto a rivelare la verità appena i critici fossero saliti a bordo. Il problema è...»

«Che Sebastián è precipitato dal cavalcavia prima che lo spettacolo potesse cominciare.»

«È caduto e ha messo a repentaglio la sua reputazione.»

«Credevo che la morte di un artista aumentasse le probabilità di renderlo famoso.»

«In alcuni casi sì, in altri no. Sebastián era un caso speciale, complicato. Quando è caduto...»

«Com'è successo, innanzitutto?»

«Era appeso a testa in giù sul parapetto del cavalcavia e dipingeva. Un amico lo teneva per le gambe quando a un tratto l'amico ha starnutito, buon Dio, e starnutendo ha lasciato la presa.»

«Gesù!»

«Nessuno voleva dire la verità alla gente. Santo cielo, dipingere graffiti illegali a testa in giù e precipitare nel traffico sottostante. Ufficialmente si è trattato di un incidente in bicicletta, anche se la polizia non ne ha trovato traccia. Hanno lavato le macchie di pittura dalle mani del morto prima che arrivasse il coroner, il che ci riporta a Montoya.»

«Con una galleria piena di inutili foto d'arte.»

«No! Una galleria piena di reliquie inestimabili di un geniale irregolare della vita, morto troppo presto ma grazie a Dio testimoniato dalle foto magistrali che andranno all'asta a prezzi da capogiro. Con l'imprimatur del cardinale Mahoney, i prezzi saliranno alle stelle.»

«Quindi nessuno ha detto dove si potevano trovare gli originali?»

«No, e nessuno lo dirà. I parenti avevano avvertito il ragazzo di non dipingere sulla tangenziale, e guarda cos'è successo. Avrebbe potuto essere il trionfo di un artista vivente, con Sebastián festeggiato per le fotografie esposte in galleria, e invece si è appeso al ponte 89 della tangenziale 101. Con lui morto la mostra sarebbe diventata una cosa malinconica, fin troppo commerciale. Poi Montoya ha pensato di accendere un migliaio di candele e creare la cappella di San Sebastiano.»

«In quanti conoscono la storia?»

«Montoya, il proprietario della galleria e forse un paio di zie e zii. Adesso la conosciamo anche tu e io. Ma nessuno permetterà che si diffonda sulla tangenziale. La parola d'ordine è acqua in bocca. Cerca sul sedile di dietro, tocca un po'. Cosa hai trovato?»

Allungai una mano, tastando alla cieca.

«Sembrano tre secchielli.»

«Che altro?»

Sondai meglio. «Un grosso pennello.»

«E allora?»

«Tre secchi di pittura.»

«Giusto.»

«Per cosa?»

«Per coprire i capolavori di Sebastián Rodríguez sulla tangenziale.»

«Coprire quei murales senza prezzo? Perché?»

«Se li lasciassimo dove sono, presto o tardi qualcuno li noterebbe, farebbe il confronto con le foto della galleria e il gioco verrebbe scoperto.»

«Il mondo scoprirà che era solo uno stuntman graffitaro.»

«Oppure si accorgerà che era un genio e i curiosi provocheranno incidenti e blocchi del traffico. In ogni caso, non esiste alternativa.»

Alzai gli occhi al parapetto colorato.

«E chi ricoprirà i murales?»

«Io» disse Sam.

«Come farai?»

«Tu mi terrai per le ginocchia mentre starò a testa in giù per imbiancare. Ma prima soffiati il naso, non voglio starnuti.»

«Siqueiros *nada,* Orozco *no...*»

«Puoi ben dirlo.»

Lo dissi tre volte, a bassa voce.

Titolo originale: Olé, *Orozco! Siqueiros,* sí!

La casa
1947

Era un'incredibile casa della follia che guardava la città sottostante con occhi strabici e dilatati. Gli uccelli avevano fatto il nido negli spaziosi sottotetti, in modo che somigliava a una vecchia spiritata con gl'incubi notturni e i capelli arruffati.

Maggie e William avevano risalito la collina nella ventosa sera d'autunno, ma quando vide la casa Maggie posò la valigia di Saks della Quinta Strada e disse: «Oh, no».

«Oh, sì.» Lui portava la vecchia valigia sciupata con maggior allegria. «Non è un amore? Guardala, non ti sembra impagabile?»

«Hai sborsato duemila dollari per quell'affare?» gridò Maggie.

«Cinquant'anni fa ne è costata trentamila» dichiarò William, orgoglioso. «Ed è tutta nostra. Fantastico.»

Lei aspettò che il cuore ricominciasse a battere, perché si sentiva male. Guardò suo marito e poi tornò a guardare la casa. «Sembra... una casa disegnata da Charles Addams, non è vero? Il vignettista dei cartoon macabri sul "New Yorker".»

Ma lui era già in cima al vialetto, e la moglie salì con prudenza i gradini scricchiolanti. La casa svettava con i suoi tre piani slanciati, colonne, mansarde, orpelli rococò, guglie, torrette e finestre impreziosite dai vetri rotti. Gli anni vi avevano lasciato come una chiazza di nicotina e all'interno regnava un silenzio di tarme, imposte scardinate e mobilio ammantato in drappi bianchi, come piccoli sudari.

Di nuovo lei ebbe la sensazione che qualcosa affondasse nel suo petto. Quando si è passata tutta la vita in una grande casa pulita su un'elegante strada privata, con servitori invisibili che tengono in ordine, un telefono ovunque basti allungare una mano, una vasca da bagno grande come una piscina, e dove l'unico sforzo richiesto è quello di alzare il bicchiere con un fortissimo martini secco, cosa si può pensare di una piramide arrugginita, di una catacomba infestata, una grigia mattonaia nel caos più totale? Oddio, pensò Maggie, se gli americani riescono a vivere in posti come questo, non mi meraviglia che ci siano poche case e i prezzi salgano alle stelle. Ma perché la gente si sposa?

Fu difficile mantenere un'espressione d'indifferenza, far sembrare che andasse tutto bene, tanto più che William continuava a gridare da un piano all'altro, entrava a passo svelto, alto e sicuro com'era, in ogni stanza, orgoglioso come se l'avesse costruita con le sue mani.

«Sono il fantasma del padre di Amleto» disse a un tratto, scendendo dalla scala in penombra.

«... fantasma del padre» ripeté l'eco dalla tromba delle scale, in cima alla casa.

William sorrise e indicò in alto. «Hai sentito? È l'Ascoltatore lassù, mio vecchio amico. Sente tutto quello che dici, e ieri gli ho fatto sapere che *amo Maggie*!»

«*Amo Maggie*» ripeté l'Ascoltatore lassù.

«Un uomo di gusto, quel tipo» aggiunse Bill, stringendo le spalle di Maggie. «Non è una casa superba?»

«È grande, questo te lo concedo. Ed è sporca, ti concedo anche questo. Inoltre, di certo è vecchia.»

Osservò l'espressione di lui: dal cambiamento di umore capì che non era stata abbastanza entusiasta della casa. Entrando, una calza di nylon le si era strappata su un chiodo, e la costosa gonna di tweed che aveva portato da Frisco si era sporcata. Inoltre...

Lui ritirò le mani dalle spalle della moglie e guardò la sua bocca. «Non ti piace molto, vero?»

«Non è questo...»

«Forse avremmo dovuto comprare quella roulotte.»

«Adesso non fare lo stupido, è che devo abituarmi. Chi vivrebbe in una roulotte grande come una scatola per il pane? Qui c'è più spazio.»

«O magari avremmo dovuto aspettare un altro anno prima di sposarci. Avere più soldi.»

«Forse non dovremo restarci a lungo» disse lei, cercando di sembrare allegra. Ma non era la cosa giusta da dire, perché Bill non aveva intenzione di andarsene, né ora né mai. Era la casa che aveva desiderato e che intendeva ristrutturare. La guardava in un modo che significava "per sempre".

«Quassù c'è la camera da letto.» Arrivati al primo pianerottolo, dove ardeva una fioca lampadina, lui aprì una porta. C'era una stanza con un grande letto a baldacchino: l'aveva riordinata personalmente, pensando che sarebbe stata una sorpresa per Maggie. Sulle pareti c'erano quadri dai colori brillanti e la carta da parati era nuova e pulita.

«È carina» disse Maggie, pur con uno sforzo.

Bill non la guardò e aggiunse, in tono neutro: «Mi fa piacere che l'apprezzi».

La mattina dopo lui non faceva che attraversare la casa, su e giù per le scale, cantando e fischiando, pieno di idee e dell'energia che dà la colazione. Lo sentì tirare via le tende logore, spazzare l'ingresso, rompere i vecchi spuntoni di vetro nel telaio di una finestra della cucina. Maggie rimase a letto, mentre il sole giallo e caldo entrava dalla finestra a sud e le toccava la mano impigrita sul copriletto. Rimaneva sdraiata, senza muoversi, ascoltando incredula i rumori che venivano dalle altre stanze, dove il marito instancabile sfruttava lo slancio della sua ispirazione. Instancabile era la parola adatta: potevi ferirlo o deluderlo la sera, e il giorno dopo l'aveva già dimenticato; tornava come nuovo. Era più di quanto potesse dire di se stessa, perché Bill somigliava a una fila di mortaretti preparati per esplodere nella casa echeggiante.

Maggie si alzò dal letto. Proviamo a fare di meglio, pensò. Mettiamo su la giusta faccia. Si guardò allo specchio: esiste il modo, si chiese, di stamparsi un sorriso addosso?

Dopo la colazione istantanea e bruciata, Bill le diede uno strofinaccio per la polvere e un bacio.

«Avanti, in alto i cuori, *excelsior*!» esclamava. «Ti rendi conto che la preoccupazione dell'uomo non è l'amore, il sesso, alzarsi la mattina o tenere i contatti con i Jones? Non sono i soldi o il successo. No, signora mia, la più vecchia battaglia dell'uomo è contro la polvere. Arriva da ogni angolo e asse della casa! Se ci limitassimo a stare seduti per un anno sulle nostre sedie a dondolo, saremmo coperti dalla polvere, le città verrebbero sepolte, i giardini diventerebbero deserti e i soggiorni sacchi della spazzatura. Gesù, mi piacerebbe prendere questa casa e darle una bella scrollata!»

Lavorarono.

A un certo punto lei si stancò. Prima fu il mal di schiena, poi: «Ho mal di testa». Il marito le diede l'aspirina, ma la stanchezza di aver pulito tante e tante stanze ebbe la meglio. Maggie aveva perduto il conto delle camere. E le nuvole di polvere? Dio, milioni di granelli! Continuò a starnutire e a seppellire il naso nel fazzoletto, confusa e paonazza, in ogni angolo della casa.

«Sarà meglio che ti sieda» disse lui.

«No, va tutto bene» gli rispose.

«Devi riposare.» Non sorrideva più.

«Starò bene. Non è nemmeno ora di pranzo.»

Era quello, il guaio: la prima mattina ed era già stanca. Sentì un flusso di colore salirle alle guance, un senso di colpa dovuto al fatto che si trattava di una stanchezza di tipo strano, fatta di stress inutili e azioni superflue che le causavano tensione. Si può ingannare se stessi fino a un certo punto, non oltre. Era stanca, sì, ma non del lavoro, solo della casa. Non erano arrivati da venti ore che già era stufa, già la detestava. E vedeva con chiarezza nel suo malessere, che tuttavia dimostrava solo con un angolo della faccia. Quale angolo, non sapeva. Era come un buco in una camera d'aria, non ti rendevi conto dov'era fino a quando la immergevi e le bolle salivano nell'acqua.

Maggie non voleva che il marito si accorgesse di quanto stava male, ma pensava in continuazione alle amiche e ai commenti che avrebbero fatto nei loro tè privati. «Che diamine è successo a Maggie Clinton?» «Ah, non l'avete saputo? Ha sposato uno scrittore e vivono a Bunker Hill. Bunker Hill, ve l'immaginate? In una vecchia casa degli spiriti o roba del genere!» «Dobbiamo andare a trovarla, una volta o l'altra.» «Oh, sì, sarà un'esperienza. La casa è fatiscente, davvero fatiscente. Povera Mag!»

«Una volta eri in grado di giocare a tennis di mattina, pomeriggio e sera. Con una partitina di golf nell'intervallo» osservò il marito.

«Starò bene» rispose lei, non sapendo che altro aggiungere.

Erano sul pianerottolo. Il sole mattutino entrava dai pannelli colorati dell'alta finestra, piccoli vetri rosa e azzurri, rossi e gialli, viola e arancio. I colori splendevano sulla balaustra e sulle braccia di lei.

Bill fissò per qualche minuto i pannelli colorati e alla fine spostò gli occhi sulla moglie. «Scusa se ti sembro melodrammatico, ma quando ero ragazzo, anzi un bambino, ho imparato una cosa. Mia nonna aveva una finestra con piccoli vetri colorati in cima alle scale, proprio come questa. A me piaceva salire, guardare attraverso i colori dei vetri e...» Gettò da una parte lo straccio per la polvere. «Ma è inutile. Non capiresti.» E scese le scale, allontanandosi da lei.

Maggie lo accompagnò con lo sguardo, poi fissò la finestra. Cosa aveva cercato di dire? Una sciocchezza, un'ovvietà che all'ultimo momento aveva deciso di risparmiarsi? Si avvicinò ai vetri.

Al di là del pannello rosa il mondo sembrava caldo e

bendisposto. Il vicinato, appollaiato sul fianco del colle come un'imminente valanga dello squallore, prendeva i toni rosati del tramonto.

Attraverso il vetro giallo, tutto sembrava come il sole splendente, nuovo e luminoso.

Ora il vetro viola: una nuvola gravava sulle cose, il mondo era infetto e malato, la gente che ci viveva era pestilenziale, perduta, abbandonata. Le case erano nere e mostruose, tutto sembrava dolente.

Maggie tornò al vetro giallo. Il sole era abbagliante, il cagnolino più piccolo era vispo e pieno di vita. Il bambino più sporco sembrava lavato e le case più vecchie dipinte di fresco.

Guardò in fondo alle scale, dove William componeva un numero di telefono, senza espressione. Poi tornò ai vetri colorati e capì quello che lui aveva voluto dire. Puoi guardare le cose attraverso vari tipi di filtro, chiari o scuri.

Si sentì perduta. Era troppo tardi, e anche quando non è così a volte ti sembra che lo sia. Dire qualcosa, pronunciare una parola. Una parola. Ma non era pronta, la semplice idea era una novità troppo recente. Non sarebbe riuscita a parlare e a dire qualcosa che avesse un senso; doveva prima germogliare nel suo intimo. Riuscì a sentire un minimo di eccitazione, ma fu subito soffocata dalla paura e dall'odio di se stessa. Poi piccole vampe d'odio verso William e la casa, perché l'avevano indotta a odiarsi. Alla fine tutto si risolse in semplice irritazione, soprattutto per la propria cecità.

William, di sotto, telefonava. La voce che arrivò dalla tromba luminosa delle scale si rivolgeva all'agente immobiliare.

«Signor Woolf? È per la casa che mi ha venduto la settimana scorsa. Senta, crede che potrei rivenderla? Magari con un piccolo guadagno.»

Seguì un silenzio, lei sentiva il cuore batterle forte.

William posò il ricevitore e non alzò gli occhi.

«Non può rivenderla per guadagnarci qualcosa» disse poi.

«... qualcosa» ripeté l'Ascoltatore lassù.

Mentre consumavano un pranzetto affrettato, qualcuno bussò con vigore alla porta. William andò ad aprire in silenzio, cosa per lui insolita.

«Il dannato campanello non funziona!» gridò una donna nell'atrio.

«Bess!» esclamò William.

«Bill, vecchio figlio di... Ehi, ma è una casa magnifica.»

«Ti piace?»

«Se mi piace? Legami i capelli con un fazzoletto e passami lo strofinaccio!»

Continuarono a chiacchierare. Maggie, in cucina, posò il coltello del burro e si mise ad ascoltare, fredda e apprensiva.

«Dio, cosa non darei per un posto come questo!» gridava Bess Alderdice, avanzando a passi pesanti. «Guarda la balaustra lavorata a mano. Caramba, come dicono in spagnolo, e quel lampadario di cristallo! A chi hai dato una botta in testa, Bill?»

«Siamo stati fortunati, era in vendita» disse lui nell'atrio.

«Io l'ho tenuta d'occhio per anni e tu, tu fortunato figlio di un cane, la soffi come se niente fosse alla cara Bess Alderdice e alle sue sporche zampette.»

«Porta in cucina le tue sporche zampette e mangia insieme a noi.»

«Mangiare? Diavolo, e quando si lavora? Perché voglio metterci mano, sia chiaro.»

Maggie apparve nell'atrio.

«Maggie!» esclamò Bess Alderdice, che portava un soprabito di gabardine su misura, scarpe senza tacco e i capelli neri scompigliati. «Come t'invidio.»

«Ciao, Bess.»

«Ragazza mia, sembri stanca, o qualcosa» continuò Bess. «Senti, tu mettiti tranquilla e io aiuto Bill. Mi sono fatta i muscoli mangiando cereali a colazione.»

«Noi non vivremo qui, Bess» disse Bill pacatamente.

«Voi cosa?» Bess lo guardava come se fosse impazzito. «Appena arrivato e già te ne vai? Ti chiami Finnegan, per caso? Be', vendila alla mamma, la mamma la vuole.»

«Ci troveremo qualcosa di più piccolo, un cottage» aggiunse lui con falso calore.

«Sai cosa puoi farci, con un cottage» disse Bess, sbuffando. «Comunque, Bill, visto che te la comprerò mentre ancora ci sei dentro, puoi almeno aiutarmi a riordinare la *mia* casa! Dammi una mano con quelle tende.» E si diede da fare a staccare dalle finestre del salotto le tende divorate dalle tarme.

Bess e William lavorarono tutto il pomeriggio. «Tu vai a sdraiarti, cara» disse Bess, dando a Maggie un colpetto sulla spalla. «Io ho trovato un aiutante gratis.»

La casa rimbombava di echi e trascinamenti. C'erano scoppi di risa, i corridoi erano oscurati da mostruose nuvole di polvere, e una volta Bess rischiò di cadere dalle scale per il ridere. Martellate, chiodi estratti dai muri, tintinnio di cristallo dei lampadari urtati, rumore di carta da parati strappata via. «Questa la trasformiamo in una saletta da tè, buttando giù la parete di troppo!» gridava Bess tra le nuvole di polvere. «D'accordo!» rideva Bill. «E ho visto un paio di poltroncine d'epoca non troppo costose che qui sarebbero perfette» diceva Bess. «Buona idea» diceva Bill. Chiacchieravano e si aggiravano per casa, mettendo le mani su tutto. Lui tracciava segni azzurri col gesso, buttava dalla finestra pezzi di mobilio inutili, martellava e riparava condutture. «Bravo il mio ragazzo!» gridava Bess. «Che ne diresti di appendere una fila di squisiti piatti bavaresi a quel muro, Bill?» «Splendido, meraviglioso.»

Maggie ne era fuori. In un primo momento, senza saper che fare, andò in camera da letto, poi scese e uscì di casa, nella luce del sole. In ogni modo non riusciva a sfuggire l'eco della contentezza di Bill. Lui faceva progetti, rideva e spostava le cose, per giunta con un'altra donna. Aveva dimenticato l'idea di vendere la casa. Cosa avrebbe fatto più tardi, quando gli fosse tornato in mente che aveva chiamato l'agente immobiliare? Fine delle risate, è chiaro.

Maggie intrecciò le dita nervosamente. Cosa aveva mai, quella Bess Alderdice? Certo non il corpo goffo, legnoso e senza seni, né i riccioli sempre spettinati e in disordine o le sopracciglia poco curate. Di qualunque cosa si trattasse, era nell'entusiasmo, nella freschezza e l'energia che lei, Maggie, non aveva affatto. Ma *avrebbe potuto* conquistarli? In fondo, che diritto aveva Bess di venire a intromettersi? Non era casa sua; non ancora, perlomeno.

Sentì la voce dell'altra donna attraverso una finestra

aperta. «Ti rendi conto di che razza di storia ha questa casa? Costruita nel 1899 da quell'avvocato, quando il quartiere elegante per eccellenza era qui. La casa in sé aveva e ha ancora una sua dignità. La gente era fiera di viverci e può esserlo anche adesso.»

Maggie era nell'atrio. Come si fa a raddrizzare le cose, a questo mondo? Erano andate storte fino a quando Bess aveva messo piede in casa loro, sistemandole. In che modo? Non a parole, perché le parole non possono cambiare i fatti più di tanto. C'era dell'altro. C'erano azioni, atti continui e ripetuti. In quel momento Bill godeva la compagnia di Bess più di quanto avrebbe goduto quella di Maggie per il resto della giornata. Perché? Perché Bess faceva le cose alla svelta e con un'espressione soddisfatta, le finiva e passava ad altro.

Ma l'enigma principale era Bill. Aveva mai lavorato in vita sua, piantato un chiodo, portato un tappeto in spalla? No. Essendo uno scrittore, era stato seduto tutto il tempo fino a oggi. Non era più preparato a questa Casa dell'Orrore – venghino, signori, solo dieci centesimi, un decimo di dollaro! – di quanto lo fosse lei. Come poteva improvvisamente cambiare, avventarsi con le unghie e con i denti sulla casa da ristrutturare? La risposta la sorprese nella sua semplicità: perché amava la moglie. Questa sarebbe stata casa loro, e si sarebbe comportato allo stesso modo se fossero vissuti in una caverna. Dovunque andava bene, se c'era Maggie.

Chiuse gli occhi. Tutto la riportava a se stessa, era lei il catalizzatore. Senza Maggie, Bill si sarebbe seduto e non avrebbe più pensato ai lavori. E sua moglie si era resa irreperibile quasi tutta la giornata. Il segreto non riguardava Bess o William, ma l'amore in sé. L'amore è sempre un buon motivo per lavorare, entusiasmarsi. E se William lavorava per renderla felice, perché lei non poteva fare altrettanto? L'amore ha sempre costruito qualcosa, ovunque. O è così o si corrompe. Per tutto il tempo che si è sposati si costruisce: i propri rispettivi io, una casa, dei bambini. Se uno dei due si ferma, l'altro continua ad andare avanti per lo slancio che ha già preso, ma la struttura è dimezzata. E alla fine crolla come un castello di carte.

Maggie si guardò le mani. Chiedere scusa a Bill sarebbe stato imbarazzante e superfluo, ma allora, come fare le cose giuste? Nello stesso modo in cui si fanno quelle sbagliate. Lo stesso procedimento, rovesciato. Le cose sono sbagliate quando si rompe un vaso, si strappa una tenda o si lascia un libro sotto la pioggia. Si torna a farle giuste riparando il vaso, cucendo la tenda e comprando un altro libro. Questo significa *fare*. Il problema di Maggie con la casa era una storia di cose non fatte, mani lente, occhi svogliati, voce senza vitalità.

Raccolse uno strofinaccio, salì sulla scala e cominciò a lucidare un lampadario, poi spazzò i corridoi in preda a una grande visione. Immaginò la casa finita: mobili d'epoca spolverati, colori caldi e confortevoli, rame nuovo, legno lucidato, lampadari tersi, tappeti rosa appena comprati, il pianoforte a coda passato a cera, le vecchie lampade a olio adattate alla luce elettrica, la balaustra intagliata a mano ridipinta e il sole che entrava dalle alte finestre con i vetri colorati. Sarebbe stato come far rivivere un altro tempo. Gli amici avrebbero ballato nell'ampia sala per trattenimenti al terzo piano, sotto gli otto grandi lampadari. Ci sarebbero stati vecchi fonografi, vecchio vino, e in casa un tepore rilassante come il profumo del miglior sherry. Ci sarebbe voluto tempo, perché avevano pochi soldi, ma in un anno, forse...

La gente avrebbe detto: «È bellissimo da Bill e Mag, è come in un'altra epoca. Molto confortevole, anche se da fuori non lo diresti. Vorrei che potessimo vivere anche noi a Bunker Hill, in una di quelle stupende, vecchie magioni!».

Continuò a strappare manate di parati stinti. Solo allora Bill la sentì e si affacciò nell'atrio, sorpreso. «Mi pareva di aver sentito un rumore. Da quanto ti sei messa al lavoro?»

«Da mezz'ora.» Stavolta gli sorrise col cuore.

Titolo originale: *The House*

Il treno funebre John Wilkes Booth[1]/ Warner Brothers/MGM/NBC 2003

Stavo per concedermi un lungo pisolino pomeridiano, quando Marty Felber entrò nel mio ufficio.

«Dio santo!» esclamò. «Devi venire a vedere.»

Mi rilassai sullo schienale. «Vedere cosa?» chiesi.

Sembrava che Marty volesse strapparsi i capelli. «Ma non hai sentito? Alla stazione arriva un treno speciale da Washington, DC. È una locomotiva a vapore, dannazione, fa bollire l'acqua per azionare le ruote. Non ci sono più locomotive a vapore da cinquant'anni!»

«Io le ho viste, le tue locomotive.»

«No, no, questa è una rarità. Tutta nera e coperta di carta crespata.»

«Carta crespata? Andiamo a vederla subito.»

Andammo, con il diavolo alle calcagna.

Alla stazione guardammo i binari deserti. In lontananza si udiva un fischio malinconico e all'orizzonte apparve una nuvola di vapore che fu dispersa dai pianti.

Il treno nero uscì dalle ombre del crepuscolo in un'acquerugiola gelata.

1 Booth è l'assassino del presidente Lincoln. (NdT)

«Ci sono passeggeri?» chiesi.

«Gente che piange, non senti?»

«Dio mio, sì. Stiamo indietro.»

Il treno nero avanzava come una nuvola temporalesca seguita dalla pioggia e avvolta da fantasmi di vapore.

La caldaia esalava fumo fantasma e trainava una malinconica processione di vagoni, tutti color mezzanotte, con aiuole di carta crespata incollate sui tetti dove svaporava il pennacchio pallido; dall'interno salivano i pianti.

Sul fianco di un vagone era scritto MGM.

Sul secondo lessi WARNER BROTHERS.

Sul terzo e il quarto, rispettivamente PARAMOUNT e RKO.

Sul quinto, NBC.

Un freddo terribile mi gelò il corpo. Ero impietrito.

Alla fine mi incamminai con Marty lungo i vagoni che avanzavano lentamente.

I tetti del convoglio foderati di carta nera fremevano al vento e i finestrini delle vetture erano lavati dalla pioggia.

Ci muovevamo in parallelo al treno e i lamenti della locomotiva risuonarono più volte; i vetri piangevano senza posa.

Finalmente arrivammo all'ultimo e più malinconico vagone, dove guardammo oltre un grande finestrino rigato dalla pioggia.

All'interno si vedeva una lunga bara color mezzanotte sepolta tra fiori bianchi.

Era come se un fulmine mi avesse annichilito e una mano implacabile mi stringesse il cuore. «Gesù!» gridai. «Un incubo! Nell'album fotografico di mia nonna c'era un treno come questo, con la differenza che i vagoni non avevano dediche alla MGM o alla Paramount.» Mi interruppi, perché riuscivo a malapena a respirare.

«Signore» ansimavo. «La bara dietro il finestrino. Lui è là. Oddio, è là!»

Chiusi gli occhi.

«Questo è il convoglio funebre di Abraham Lincoln.»

Un pianto appena udibile si levò dal treno color mezzanotte. La carta nera pieghettata si agitò.

Poi un uomo, un vecchio amico, corse sul marciapiede: era Elmer Green, l'addetto stampa di uno studio cinematografico. Ci scontrammo e lui mi gridò in faccia.

«Ehi, che combinazione! Vieni che ti diamo un passaggio.»

Ma io me ne stavo con le scarpe incollate all'asfalto.

«Non ti va?» chiese Green.

«Voglio prima sapere com'è.»

«E non piangi?» disse ancora. «Smettila, andiamo.»

Si avviò verso i vagoni della mezzanotte, e Marty e io lo seguimmo. Inciampai, perché avevo gli occhi velati di lacrime.

Alla fine si fermò e disse: «Vedi quel grande vagone rosso della Pacific Electric? Sembra un tram e non ha molto a che fare con il resto del treno. Guarda bene nel finestrino di mezzo».

«Quattro individui vestiti come uomini d'affari. Giocano a carte e fumano sigari. Il tipo grassoccio... un momento.»

«Chi è?»

«Louis B. Mayer, il gran capo della MGM. Louie il Leone! Perché si trova qui, se è morto?»

«Non sembra, in verità. Okay, nel 1930 Louis B. e i suoi lacché salirono su quel grande tram rosso e uscirono dagli studi MGM su binari che avevano fatto costruire apposta, dirigendosi a Glendale dove erano previste certe anteprime a sorpresa. Poi si ammucchiarono su un super Lionel, il treno elettrico, e tornarono a casa in velocità agitando le cartoline con i pareri favorevoli alle anteprime, ma spezzettando in coriandoli quelli negativi.»

«E allora?» chiesi io, senza entusiasmo.

«Allora, quando appare un treno come quello o ne arriva uno simile a questo, tu obbedisci. Adesso sali a bordo e fai la conoscenza di Louis B., il cristiano-arabo-ebreo risorto che viaggia sulla nostra macchina del tempo acchiappafarfalle.»

Mi guardai i piedi con gli occhi velati.

«Santo cielo» disse Green. «Mi aiuti a tirarlo su.»

Marty mi prese per un gomito e Green per l'altro, dopodiché mi issarono sul treno.

Attraversammo alcuni vagoni pieni di fumo, dove decine di uomini maneggiavano le carte.

«Buon Dio!» esclamai. «Quello non è Darryl Zanuck, il capo della Fox? E guarda Harry Cohn, la bestiaccia di Gower Street. Come si sono persi in quest'incubo?»

«Come ho detto, sono stati prelevati da un Acchiappafarfalle del tempo. La più grande rete della storia li ha pescati nella tomba con un'offerta che non potevano rifiutare: restare due metri sottoterra o accettare un biglietto per l'Espresso dell'Eternità, il John Wilkes Booth.»

«Dio mio.»

«No, Elmo Wills» precisò Green. «In uno scantinato della MGM a Las Vegas ha procurato le convulsioni digitali a una rete di computer e ha messo insieme un treno che acchiappa i passeggeri come un guantone da baseball.»

Guardai una carrozza che sembrava una bisca piena di fumo.

«È così che si prendono i treni, al giorno d'oggi?»

«Già» rispose Green.

«Ci sono i nomi degli studios, sui vagoni» osservai. «E all'interno, produttori morti ma vivi.»

«Hanno tutti investito nella Rete virtuale di Elmo, noto per aver detto: "Qual è la più grande locomotiva della storia? Il treno che ha riportato a casa Bobby Kennedy o il presidente Roosevelt? Quale treno del pianto ha attraversato il paese un secolo fa?".»

Mi sentivo le guance umide.

«Il convoglio funebre di Abraham Lincoln» risposi in un sussurro.

«Qua un sigaro.»

Il treno sussultò.

«È in partenza?» gridai. «Non voglio essere visto su quest'abominio.»

«Resta» disse Green. «Decidi tu stesso la paga.»

Per poco non gli schiacciai il sorriso con un pugno.

«Maledetto.»

«Già fatto, amico.» Green scoppiò a ridere. «Ma mi riprenderò.»

Il treno sobbalzò di nuovo, con un rumore di ferraglia.

Marty, il mio amico, corse verso il fondo e tornò indietro.

«Dovresti vedere! La prossima carrozza è zeppa di avvocati.»

«Avvocati?» Mi rivolsi a Green.

«Per le citazioni» disse lui. «Abbiamo qualche problema con l'itinerario. Quali città dobbiamo visitare?

Cosa bisogna mandare in onda? E quali sono i contratti che hanno la precedenza? Andremo sulla NBC o la CNN? Cose così.»

«Ah, sì, eh?» gridai, e mi tuffai a capofitto in avanti, seguito dal fido Marty.

Ci facemmo largo tra un esercito di pazzoidi che gridavano, indicavano qualcosa o mandavano maledizioni.

Nella quarta carrozza spalancai la porta su un prato notturno rischiarato dalle lucciole. In realtà, erano le spie di ciechi macchinari.

Dappertutto vedevo banchi di fuochi cosmici e forme spettrali dell'illuminazione digitale.

L'ambiente nero e cavernoso era illuminato da quello che sembrava il quadro comandi di un razzo; un uomo, non esattamente un nano, muoveva le dita sottili come zampe di ragno sulla console. Era, in effetti, l'inventore dell'incredibile e blasfemo Acchiappafarfalle temporale.

Alzai i pugni e il nano gridò: «Lei deve picchiarmi, sì?».

«Picchiare no, uccidere. Si rende conto di cosa ha fatto?»

«Fatto?» gridò l'uomo. «Ho inventato la respirazione bocca a bocca della storia. Potrei usare la mia rete per acchiappare Ben Hur sulla biga o Cleopatra sul vascello, provocare il caos fra i mastini del tempo.»

Abbassò lo sguardo e passò le mani sugli schemi luminosi, guardando gli anni perduti e ricominciando a parlare, per metà fra sé.

«Sa, mi sono domandato più volte cosa sarebbe successo se quella sera del 1865 fosse scoppiato un incendio al teatro Ford, prima del fatto. Niente più treno funebre, la storia d'America cambiata per sempre.»

«Lo ripeta» dissi.

«Un incendio» ripeté Elmo. «Al teatro Ford.»

«Un incendio» sussurrai, pensando: non bisogna mai gridare "al fuoco" in un teatro affollato. Ma in un teatro viaggiante?

E mi misi a urlare.

«Figli di puttana!»

Afferrai la porta posteriore della carrozza e la spalancai.

«Bastardi!»

Una trentina di avvocati sobbalzarono alle mie grida, chiare come sirene d'allarme.

«Al fuoco!» continuai a pieni polmoni. «Il teatro Ford va a fuoco!»

E sul diretto per l'inferno mi sentirono tutti quanti.

Vecchie porte di scompartimenti spalancate, antiquati finestrini alzati sulle grida della folla.

«Un momento!» esclamò Green.

«No!» gridai. «Al fuoco, al fuoco!»

Poi corsi da una carrozza all'altra per propagare l'incendio.

«Al fuoco!»

Il panico spinse fino all'ultimo passeggero fuori del treno.

Il marciapiede pullulava di vittime e avvocati pazzi che annotavano nomi, vociando.

«Al fuoco» mormorai per l'ultima volta, e il treno rimase deserto come lo studio di un dentista in un mezzogiorno di fiacca.

Green barcollò verso di me, e questa volta furono i suoi piedi a incollarsi all'asfalto. Aveva la faccia color cenere e sembrava incapace di respirare.

«Fate tornare indietro il treno» dissi.

«Cosa?»

Marty mi guidò attraverso un letto di carte da gioco e sigari cubani non fumati.

«Indietro» piansi. «Portatelo alla stazione di Washington, aprile 1865.»

«Non possiamo.»

«Siete venuti da là. Tornate indietro, santo cielo, indietro.»

«Non esiste il ritorno, su questa linea. Possiamo solo andare avanti.»

«Avanti? Credete che la MGM abbia ancora uno scambio per binari non coperto dall'asfalto? Portate il treno laggiù, per esempio nel 1932, fate scendere Louis B. Mayer e dopo ditegli che Thalberg è vivo e si trova sul quarto vagone dal fondo. A Mayer verrà un attacco di cuore.»

«A Louie B.?»

«Anche a Harry Cohn» aggiunsi.

«La MGM non è lo studio di quel tale.»

«Può sempre chiamare un taxi o farsi dare un passaggio, ma nessuno deve risalire su questo idiota stupido bastardo di un treno.»

«Nessuno?»

«A meno che non vogliano essere seppelliti nel teatro Ford quando accenderò un fiammifero e appiccherò l'incendio sul serio.»

La folla dei legulei sul marciapiede belava e protestava.

«Sono pronti a farti causa» disse Green.

«Gli venderò la mia assicurazione sulla vita. Riportate indietro il treno.»

Il convoglio sussultò come un grande cane di ferro.

«Troppo tardi, devo andare.»

«Oddio, guardate.»

Vittime e avvocati si affrettavano a tornare nelle carrozze, senza più pensare allo sciocco che aveva gridato "al fuoco".

Il treno sferragliava, agitato.

«Arrivederci» mormorò Green.

«Andatevene» dissi stancamente. «Chi sarà il prossimo?»

«Il prossimo?»

«La vostra dannata Distorsione Mortuaria. Chi catturerete, stordirete, intrappolerete?»

Green tirò fuori un foglio spiegazzato.

«Un certo Lafayette.»

«Un certo...? Idiota, stupido ignorante! Non sai che Lafayette salvò la nostra rivoluzione e a ventun anni ci rifornì di navi, cannoni, uomini e uniformi?»

«Qui non lo dice.» Green guardò i suoi appunti.

«Lafayette era figlio adottivo di Washington. Quando rimpatriò, battezzò il suo primogenito con il nome di George Washington Lafayette.»

«Anche questo è omissis» disse Green.

«A settant'anni tornò in America, sfilò in ottanta città dove la gente diede il suo nome a strade, parchi e paesi. Lafayette, Lafayette, Lafayette.»

«Ehi!» Green intascò il foglietto. «Allora sarà il suo secondo percorso dell'addio.»

Il convoglio emise un grido da assassino, gli ingranaggi strinsero i denti.

«Ci vediamo a Springfield.» Green saltò sulla piattaforma posteriore. «Il prossimo aprile.»

«Chi c'è lì con te?» gridai.

Green si voltò e gridò a sua volta.
«Booth, John Wilkes Booth. Fa lezione nella carrozza panoramica di testa.»
«Povero figlio di puttana» mormorai.
Green lesse le mie labbra e ripeté: «Povero F.d.P.».
Il convoglio ripartì.

Titolo originale: *The John Wilkes Booth/Warner Brothers/MGM/ NBC Funeral Train*

Morte di un uomo scrupoloso
1946

Dormi solo quattro ore per notte. Vai a letto alle undici, ti alzi alle tre e tutto è trasparente come cristallo. Cominci la giornata così, prendendo il caffè, leggendo un libro per un'ora, ascoltando le deboli, remote, irreali parole e musica delle stazioni antelucane, e forse esci a fare una passeggiata, accertandoti sempre di avere con te il permesso speciale della polizia. Ti hanno già pizzicato una volta per vagabondaggio in ora tarda e insolita ed è stata una seccatura, quindi alla fine ti sei procurato un permesso speciale. Adesso puoi camminare e fischiettare dove ti pare, con le mani in tasca e i tacchi che battono il marciapiede con un ritmo lento e pacato.

È così da quando avevi sedici anni. Adesso ne hai venticinque, e quattro ore di sonno ti bastano ancora.

In casa hai pochi oggetti di vetro. Ti radi con il rasoio elettrico, perché i normali rasoi di sicurezza a volte fanno un taglio e tu non puoi permetterti di sanguinare.

Sei emofiliaco. Quando il sangue comincia a scorrere, non si ferma più. Anche tuo padre era così, ma il suo serve soltanto da esempio spaventoso. Un giorno si tagliò un dito in profondità e morì per emorragia mentre lo portavano all'ospedale. Anche nella famiglia di tua madre ci sono casi di emofilia, ecco come l'hai ereditata.

Porti sempre un flacone di pillole coagulanti nel taschino destro. Se ti capita di tagliarti, le mandi giù immediatamente. L'effetto del coagulante si diffonde nel sistema e fornisce il materiale necessario a formare un grumo e bloccare il sangue.

Questa è la tua vita. Hai bisogno di quattro ore di sonno e non di più; eviti gli oggetti taglienti. Le ore di veglia della tua giornata sono quasi il doppio di quelle dell'uomo medio, ma la tua aspettativa di vita è breve e quindi si tratta di un'ironica compensazione.

Passano ore e ore prima che arrivi la posta mattutina, così ti siedi alla macchina per scrivere e batti dodici o tredici cartelle di narrativa. Alle nove, quando la cassetta postale davanti a casa viene riempita, metti da parte i fogli dattiloscritti, li unisci con un fermaglio, controlli la copia carbone e conservi il tutto con l'intestazione NUOVO ROMANZO. Poi, fumando una sigaretta, vai a ritirare la posta.

Prelevi il contenuto della cassetta. Un assegno di trecento dollari da una rivista nazionale, due rifiuti da case editrici minori e una piccola scatola di cartone legata con nastro verde.

Dopo aver dato un'occhiata alle lettere, prendi la scatola, sleghi il nastro, apri il coperchio e tiri fuori il contenuto.

«Maledizione!»

La scatola ti cade di mano. Una chiazza color rubino si spande sulle dita. Come una molla, è balzato fuori un oggetto lucente. Hai sentito lo scatto di una lama.

Il sangue scorre limpido e veloce dalla mano ferita. Guardi un momento l'oggetto tagliente che è finito a terra, minuscola trappola omicida con un rasoio conficcato nella ganascia d'acciaio che si è richiusa nell'istante in cui hai aperto la scatola, cogliendoti alla sprovvista.

Tremando, cerchi disperatamente le pillole nel taschino, imbrattandoti di sangue. Prendi il flacone, ne inghiotti parecchie.

Poi, mentre aspetti che facciano effetto e l'emorragia si fermi, avvolgi le dita in un fazzoletto e con molta cautela prendi la trappola e la metti sul tavolo.

Dopo averla guardata per dieci minuti, siedi e ti concedi una sigaretta che prendi come puoi, goffamente; batti le palpebre più volte, la luce lampeggia, davanti a te le cose appaiono sfocate, confuse, poi ti concentri e finalmente trovi la risposta.

... Qualcuno non mi vuol bene. Qualcuno non mi vuol bene per niente...

Squilla il telefono, rispondi.

«Pronto, parla Douglas.»

«Ciao, Rob, sono Jerry.»

«Oh, Jerry.»

«Come stai, Rob?»

«Pallido e tremante.»

«Come mai?»

«Qualcuno mi ha mandato una scatola con un rasoio.»

«Scherzerai.»

«Dico sul serio, ma a te non interesserà.»

«Come va il romanzo?»

«Non lo finirò mai, se la gente continua a mandarmi oggetti taglienti. Con la prossima distribuzione mi aspetto un vaso di cristallo svedese intagliato. O un'attrezzatura per giochi di prestigio con uno specchio rotto.»

«In effetti hai una voce strana» osserva Jerry.

«Lo credo. Per quanto riguarda il romanzo, Gerald, ti dirò che va benissimo. Ho appena scritto altre tredici cartelle, la scena in cui descrivo il grande amore di Anne J. Anthony per il signor Michael M. Horn.»

«Allora i guai te li cerchi, Rob.»

«L'ho scoperto in questo istante.»

Jerry mormora qualcosa.

Poi dici: «Mike non mi toccherebbe direttamente, Jerry. Nemmeno Anne. Dopotutto, una volta ero fidanzato con lei, anche se questo succedeva prima che scoprissi cosa combinavano. Le feste che davano, le dosi di morfina che passavano alla gente».

«Cercheranno di fermare il libro, probabilmente.»

«Credo che ci abbiano già provato. Forse non sono stati loro a spedire la scatola che è arrivata per posta, ma certo una delle altre persone che nomino nel libro. È probabile che siano venuti a saperlo.»

«Hai parlato con Anne, ultimamente?» chiede Jerry.

«Sì» rispondi.

«E preferisce ancora quel tipo di vita?»

«È eccitante. Quando prendi quella roba vedi un sacco di immagini colorate.»

«Non l'avrei mai creduto, Anne non sembra il tipo.»

«È il tuo Edipo, Jerry. Le donne non ti sembrano femmine, ma statuette d'avorio senza sesso montate su piedistalli rococò, tutte fiorite e appena uscite dal bagno. Hai voluto bene a tua madre in modo troppo completo. Per fortuna io sono più ambivalente: Anne mi ha ingannato per un certo periodo, ma una sera l'ho vista troppo scatenata e ho capito che era ubriaca. Poi senza preavviso mi ha baciato e mi ha passato un ago fra le dita, dicendomi: "Dai, Rob, per favore. Ti piacerà". Era morfina, e lei l'aveva già presa.»

«E quella è stata la rivelazione» dice Jerry all'altro capo del filo.

«Infatti» confermi. «Ho parlato con la polizia e l'Agenzia statale per i narcotici, ma da qualche parte c'era un inghippo e loro hanno avuto paura di muoversi. O semplicemente erano stati pagati, e bene. Personalmente, credo un po' di tutt'e due. In ogni sistema c'è sempre qualcuno o qualcosa che ottura il condotto. Nel dipartimento di polizia c'è sempre il tizio che accetta un po' di soldi extra e rovina il buon nome del corpo. Non puoi farci niente, siamo esseri umani e lo sono anch'io. Se non posso togliere l'ostruzione in un modo, lo farò in un altro: inutile dire che il mio romanzo servirà proprio a questo.»

«Potresti finire anche tu in fondo allo scolo, Rob. Credi davvero che il tuo romanzo farà vergognare quelli della Narcotici e li spingerà ad agire?»

«L'idea è quella.»

«Non ti faranno causa?»

«Ci ho già pensato. Firmerò una lettera in cui assolvo l'editore da ogni responsabilità, dicendo che i personaggi del romanzo sono frutto di fantasia. In questo modo, se pubblicassi cose non vere la casa editrice sarebbe a posto. Inoltre, se venissi citato per diffamazione i miei diritti d'autore servirebbero a pagare la difesa. Ma ho molte prove, e detto fra noi sta venendo un ottimo romanzo.»

«Sul serio, Rob. Hai ricevuto un rasoio per posta, stamattina?»

«Sì, e questo è il pericolo più immediato. È da brividi, perché non hanno il coraggio di ammazzarmi senza sotterfugi. Ma se morissi per mancanza di cautela, malato come sono, chi potrebbe dare la colpa a loro? Non mi taglierebbero la gola, troppo plateale; ma un rasoio, un chiodo, il bordo del volante coperto di lame di coltello... È molto melodrammatico, lo so. Come va il tuo romanzo, Jerry?»

«A rilento. E se andassimo a mangiare insieme, più tardi?»

«Per me va bene. Al Brown Derby?»

«Sempre in cerca di guai. Sai benissimo che Anne mangia là tutti i giorni, con Mike.»

«Mi fa venire appetito, buon vecchio Gerald. Ci vediamo.»

Riappendi il ricevitore e osservi che la mano va decisamente meglio. La fasci e intanto fischietti, in bagno. Poi ti liberi della trappola con il rasoio: un oggetto rozzo, con il cinquanta per cento di probabilità di funzionare.

Ti siedi e scrivi ancora dieci cartelle, stimolato dagli avvenimenti della mattina.

Durante la notte qualcuno ha lavorato sullo sportello della tua auto, intagliando la maniglia. Adesso è affilata e ti ferisci di nuovo, perciò torni in casa a prendere altre bende. Sanguini, devi inghiottire le pillole. L'emorragia si arresta.

Dopo aver depositato i due nuovi capitoli del romanzo nella cassetta di sicurezza che tieni in banca, guidi fino al Brown Derby e incontri Jerry Walters. Sembra piccoletto ed elettrico come sempre, con la mascella scura e gli occhi che schizzano dietro gli occhiali spessi.

«Anne è già arrivata.» Ti sorride. «Mike è con lei. Perché dobbiamo mangiare qui, mi chiedo?» Poi il sorriso scompare e guarda la tua mano. «Hai bisogno di bere qualcosa. Vieni da questa parte, Anne è laggiù. Falle un cenno.»

«L'ho fatto.»

Guardi Anne seduta a un tavolo d'angolo. Porta un vestito sportivo in panno intrecciato di fili d'argento e d'oro e una collana azteca di bronzo intorno al collo che ha preso il sole. Anche i capelli sono color bronzo. Al suo fianco, dietro un sigaro e un velo di fumo, la scarna e alta figura di Michael Horn, l'uomo che sembra esattamente quello che è: un giocatore specialista in narcotici, amante dei piaceri e delle donne, padrone degli uomini, il tipo che porta diamanti alle dita e mutande di seta. Non un amico a cui vorresti stringere la mano: il manicure ha reso le unghie troppo affilate.

Siedi davanti alla tua insalata. Stai mangiando quando Anne e Mike si avvicinano al tavolo, dopo aver bevuto i loro cocktail. «Ciao, fratello coltello» dici a Mike Horn, con una leggera enfasi sull'ultima parola.

Alle spalle di Horn c'è la sua guardia del corpo, un ventiduenne di Chicago a nome Berntz che ha un fiore all'occhiello della giacca nera, i capelli scuri unti di brillantina e gli occhi tirati in giù dai piccoli muscoli ai lati, così da sembrare triste.

«Ciao, carissimo Rob» dice Anne. «Come va il libro?»

«Bene, bene. Ho appena finito un magnifico capitolo su di te, Anne.»

«Grazie, tesoro.»

«Quando lascerai questo grosso leprecauno con la testa di anguilla?» le chiedi, senza guardare Mike.

«Dopo che l'avrò ammazzato» dice Anne.

Mike scoppia a ridere. «Questa è buona. Adesso andiamo, baby, sono stanco di questo buono a niente.»

Tu smuovi un po' di posate. In un modo o nell'altro, un piatto cade. Per poco non dai un pugno a Mike, ma Berntz, Anne e Jerry ti tengono fermo e così ti risiedi, con il sangue che ti batte alle tempie e la gente intorno che raccoglie le posate per te.

«Addio» dice Mike.

Anne esce dalla porta come il pendolo di un orologio e tu prendi nota del tempo. Mike e Berntz la seguono.

Guardi la tua insalata, cerchi una forchetta. Raccogli qualche foglia, la metti in bocca.

Jerry ti guarda. «Per l'amor del cielo, Rob, che ti prende?»

Non rispondi. Allontani la forchetta dalle labbra.

«Che ti prende? Sputa!»

Tu sputi e Jerry bestemmia fra i denti.

C'è sangue.

Uscite insieme dal palazzo Taft. Parli la lingua dei segni, hai un batuffolo di cotone in bocca e senti odore di antisettico.

«Non capisco come ha fatto» dice Jerry. Tu gesticoli. «Sì, lo so, la lite al Derby. La forchetta è caduta a terra.» Continui a fare segni, Jerry interpreta la pantomima. «Mike o Berntz la prendono e te la ridanno, ma nel frattempo l'hanno scambiata con una forchetta modificata e più appuntita.»

Annuisci con veemenza, avvampando.

«O forse è stata Anne» dice Jerry.

No, fai segno con la testa. Cerchi di spiegare, a gesti, che se Anne fosse al corrente lascerebbe Mike all'istante. Jerry non afferra e ti guarda attraverso le lenti spesse. Cominci a sudare.

La lingua è un brutto posto per ferirsi. Una volta hai conosciuto un tale che si era tagliato la lingua e non è mai guarito, anche se l'emorragia è cessata. Immagina un emofiliaco!

Fai un gesto, e mentre sali nell'auto cerchi di sorridere. Jerry stringe gli occhi, pensa, finalmente capisce. «Oh, vuoi dire che basterebbe una coltellata nella schiena?» Ride anche lui.

Annuisci, vi date la mano e riparti.

All'improvviso la vita non è più tanto divertente. La vita è reale, è una cosa che può uscirti dalle vene alla minima occasione. Senza rendertene conto, la mano corre più e più volte al taschino dove tieni le pillole. Care, vecchie pillole.

A questo punto ti accorgi di essere seguito.

Al prossimo angolo giri a sinistra e cominci a pensare. Un incidente, tu privo di sensi e sanguinante. In quelle condizioni non potrai inghiottire le pillole che hai in tasca.

Premi sull'acceleratore, la macchina balza in avanti e tu guardi nello specchietto, vedendo che la macchina inseguitrice guadagna terreno. Una botta in testa, un taglietto e sei bell'e spacciato.

All'altezza della Wilcox giri a destra, poi ancora a sinistra quando arrivi a Melrose, ma continuano a starti dietro. C'è una sola cosa da fare.

Fermi la macchina sul bordo della strada, prendi le chiavi, scendi tranquillamente e dopo pochi passi siedi nel giardino di una casa.

Quando la macchina inseguitrice ti passa davanti, sorridi e agiti la mano.

Mentre scompaiono, ti pare di sentirli bestemmiare.

Fai a piedi il resto del tragitto. Lungo la strada ti fermi a un garage e chiedi che vadano a prenderti la macchina.

Sei vivo da una vita, ma mai come adesso; hai la sensazione di essere eterno. Sei più furbo di tutti loro messi insieme. Sei in guardia, qualunque cosa facciano non ti coglieranno di sorpresa. Hai molta fiducia in te stesso, non puoi morire. Altri muoiono, tu no. Hai una fiducia completa nella tua capacità di vivere. Non ci sarà mai nessuno abbastanza furbo da ucciderti.

Puoi mangiare fuoco, afferrare al volo palle di cannone, baciare donne dalle labbra in fiamme, colpire gangster sotto il mento. Essere quello che sei, avere il tipo di sangue che hai nelle vene, ti ha reso... uno che gioca d'azzardo? Che corre tutti i rischi? Dev'esserci una spiegazione per il tuo morboso desiderio di pericoli e situazioni rischiose. Be', spiegalo così: quando esci indenne da un'esperienza del genere, il tuo ego riceve un impulso tremendo. Ammettilo, sei un presuntuoso pieno di sé e con pericolose idee di autodistruzione. Idee nascoste, ovviamente. Nessuno ammette apertamente di voler morire, ma in qualche modo la cosa è là. Autoconservazione e desiderio di morte che lottano costantemente. Il desiderio di morte ti caccia nei pasticci, l'autoconservazione ti tira fuori. Quando ti vedono venirne fuori senza un graffio, quelli non credono ai loro occhi e tu ridi, puoi odiarli. Ti senti superiore, simile a un dio, immortale. Sono loro i tipi inferiori, vili, comuni. Ti dà fastidio che Anne preferisca le droghe a te, ma niente di più. Trova che la siringa sia più stimolante. Maledetta! Eppure, tu trovi stimolante lei. E pericolosa. Comunque sei disposto a correre il rischio ogni volta: sì, come ai vecchi tempi...

Sono di nuovo le quattro del mattino. La macchina per scrivere lavora sotto le tue dita quando suona il campanello di casa. Ti alzi e vai a vedere, nella calma totale che precede l'alba.

Lontano, dall'altra parte dell'universo, la voce dice: «Ciao, Rob, sono Anne. Appena alzato?».

«Sì. È la prima volta che ti fai viva da giorni, Anne.» Apri la porta e lei entra, profumata di buono.

«Sono stanca di Mike, mi fa star male. Ho bisogno di una buona dose di Robert Douglas. Sono veramente stanca, Rob.»

«Lo sento dalla tua voce. Hai tutta la mia comprensione.»

«Rob...» Una pausa.

«Sì?»

Un'altra pausa. «Rob, potremmo andarcene domani? Voglio dire oggi, nel pomeriggio. Da qualche parte sulla costa, restare al sole ad abbrustolire. Ne ho veramente bisogno, Rob, non scherzo.»

«Be', penso di sì. Certo, assolutamente.»

«Mi piaci, Rob. Vorrei solo che non scrivessi quel maledetto romanzo.»

«Se tu lasci perdere quei banditi io smetto» le dici. «Ma non mi piacciono le cose che ti hanno fatto, e Mike non ti ha detto quello che fa a me.»

«Ha fatto qualcosa, carissimo?»

«Sta cercando di procurarmi un'emorragia, in senso letterale. Anne, tu sai com'è Mike sotto sotto. Un pauroso che se la fa addosso; anche Berntz, a quanto ne so. Ho già visto tipi come loro, fanno i duri per coprire la pancia molle. Mike non vuole ammazzarmi, ha paura di uccidere. Pensa di potermi dissuadere e mi spaventa, ma io vado avanti, perché non credo che avrà il coraggio di finire il lavoro. Preferisce rischiare la galera per uso di droghe a un processo per omicidio. Conosco Mike.»

«Conosci anche me, tesoro?»

«Penso di sì.»

«Così a fondo?»

«Abbastanza a fondo.»

«Io potrei ucciderti.»

«Non oseresti. Ti piaccio.»

«Mi piaccio anch'io» sussurra, come facendo le fusa.

«Sei sempre stata strana. Non ho mai saputo, e ancora non so, cosa ti interessa veramente.»

«L'autoconservazione.»

Le offri una sigaretta, adesso è molto vicina. Annuisci, pensoso. «Una volta ti ho vista strappare le ali a una mosca.»

«Era una cosa interessante.»

«E a scuola, sezionavi gattini in bottiglia.»

«Con gioia.»

«Lo sai cosa ti fa la droga?»

«Mi dà gioia anche quella.»

«E che ne dici di...?»

Siete così vicini che basta una mossa per accostare la bocca. Le labbra di Anne sono morbide come sembrano. Calde, aperte.

Ti allontana appena. «Un'altra cosa fantastica» dice.

La tieni stretta e di nuovo le labbra s'incontrano, chiudi gli occhi...

«Maledizione» dici allontanandoti.

Ti ha graffiato il collo con un'unghia.

«Mi spiace, caro, fa male?» chiede.

«Vogliono provarci tutti» rispondi. Prendi il flaconcino preferito e mandi giù un paio di pillole. «Dio, che passionale la mia signora. D'ora in poi trattami gentilmente. Io sono fragile.»

«Mi spiace, dimenticavo» si scusa.

«Tutto molto bello, ma se capita ogni volta che ti bacio, quando mi spingerò un po' più in là sarò ridotto a uno straccio inzuppato di sangue. Aspetta.»

Un'altra fasciatura, questa volta sul collo. La baci di nuovo.

«Meglio prendercela calma, baby. Andremo sulla spiaggia e ti darò una lezione sui pericoli di frequentare Michael Horn.»

«Continuerai a scrivere il romanzo nonostante quello che ti ho detto, Rob?»

«Ormai ho deciso. Dov'eravamo? Ah, sì.»

Di nuovo le labbra.

Parcheggi la macchina su una rupe battuta dal sole poco dopo mezzogiorno. Anne corre verso la spiaggia, scendendo i gradini di legno ricavati nel dirupo, sessanta o settanta metri sul livello del mare. Il vento solleva i suoi capelli rosso scuro e il costume da bagno blu la fa sembrare ancora più snella. La segui, riflettendo. Siete lontani da tutto, le città sono sparite e la strada è deserta. La spiaggia ai piedi della parete rocciosa, con il mare che lambisce l'ampia distesa nuda, è limitata dai lastroni di granito su cui si abbattono le onde più grosse, lavandoli. Ogni tanto si sente il lamento di un uccello che sfiora l'acqua. Guardi Anne che ti precede. Piccola stupida, pensi.

Poi continuate a braccetto, mentre il sole vi attraversa.

Credi che per un po' tutto sarà buono e pulito. La vita in genere è fresca e pulita, anche quella di Anne. Vorresti dire qualcosa, ma nel silenzio profumato di sale la voce ha un suono particolare, come se la lingua non si fosse ancora ripresa dalla forchetta acuminata.

Sguazzi nel bagnasciuga e Anne raccoglie qualcosa.

«Un crostaceo» dice. «Ricordi quando ti tuffavi con il tridente e il casco bordato di gomma, ai bei tempi?»

«I bei tempi.» Ripensi al passato, ad Anne e a te insieme, quando le cose funzionavano. Risalire la costa, pescare, nuotare. Anche allora era una strana creatura; uccidere le aragoste non era niente, per lei. E si divertiva a pulirle.

«Eri così spericolato, Rob, e ancora adesso. Andavi sott'acqua in cerca delle orecchie di mare, rischiando grosso perché anche un crostaceo come questo avrebbe potuto ferirti in malo modo. Sono affilati come rasoi.»

«Lo so» dici.

Lancia il crostaceo verso le scarpe che ti sei tolto. Tornando indietro gli giri attorno, badando a non calpestarlo.

«Avremmo potuto essere felici» lei dice.

«È bello pensarlo, vero?»

«Vorrei che cambiassi idea» continua Anne.

«Troppo tardi.»

Lei sospira.

Un'onda s'infrange a riva.

Non hai paura di essere qui con Anne. Non può farti niente. Sei in grado di affrontarla, ti senti fiducioso. No, sarà una giornata tranquilla e rilassante, come tutte le altre. E poi sei vigile, pronto a ogni evenienza.

Sdraiato al sole, ti fai penetrare dal calore che entra nelle ossa e scioglie le tensioni, finché aderisci perfettamente alla sabbia. Anne è vicino a te, il sole indora il naso all'insù e brilla sulle goccioline di sudore che ha in fronte. Dice cose frivole e allegre, ne sei affascinato. Come può essere così bella, un'ancora di salvezza gettata sulla tua strada, e nel profondo, dove non riesci a stanarlo, avere un nucleo di grettezza e cattiveria?

Sdraiato sullo stomaco, ti riposi sulla sabbia calda. Anche il sole è caldo.

«Ti scotterai» dice alla fine, ridendo.

«Penso di sì» convieni. Ti senti furbo, immortale.

«Qua, ti metto un po' d'olio sulla schiena» continua, aprendo la borsetta di pelle nera e lucida che sembra un rompicapo cinese. Prende una bottiglia di puro olio giallo. «Questo farà da schermo al sole, okay?»

«Okay» rispondi. Ti senti molto bene, molto al di sopra.

Ti spalma come un maialino allo spiedo. La bottiglia è sospesa su di te e il fluido scende come una treccia, giallo, fresco e lucente nelle cavità della schiena. La mano di Anne ti spalma e massaggia le spalle; chiudi gli occhi, mugolando di piacere, e vedi le bollicine gialle e azzurre che danzano davanti alle palpebre abbassate, mentre lei versa altro liquido e ti massaggia ridendo.

«Mi sento già più fresco» le dici.

Continua a massaggiarti per un minuto o più e poi smette, restandoti seduta accanto. Passa parecchio tempo, sei sdraiato in un forno di sabbia, non vuoi più muoverti. Poi il sole comincia a non sembrarti tanto caldo.

«Soffri il solletico?» chiede Anne dietro la tua schiena.

«No» rispondi, sollevando la bocca agli angoli.

«Hai una bella schiena» lei dice. «Mi piacerebbe solleticarla.»

«Fai pure» concedi.
«Qui ti solletico?»
Un movimento lontano, sonnolento, lungo la schiena.
«No» dici.
«E qui?»
Non senti niente. «Non mi tocchi nemmeno.»
«Una volta ho letto un libro» riprende Anne. «Diceva che le zone sensoriali della schiena sono così poco sviluppate che la maggior parte della gente non si accorge di essere toccata.»
«Sciocchezze» dici. «Continua a toccarmi e vediamo.»
Tre lunghi movimenti sulla schiena.
«Allora?» chiede lei.
«Mi hai solleticato sotto una scapola, in un raggio di dieci o quindici centimetri. Lo stesso sotto l'altra scapola, poi lungo la spina dorsale. Ecco.»
«Ragazzo in gamba, ho perso. Sei troppo bravo, e a me serve una sigaretta. Dannazione, le ho finite. Ti dispiace se torno alla macchina e vado a prenderle?»
«Vado io» ti offri.
«Non c'è bisogno.» Si allontana sulla sabbia. La guardi correre languida, sognante, come un disegno nell'aria sempre più calda. È piuttosto strano, rifletti, che avesse con sé borsetta e bottiglia dell'olio. Le donne. Ma non puoi fare a meno di notare che è bella, mentre corre. Si arrampica sulle scale di legno e si volta a salutare con un sorriso. Anche tu sorridi, muovi la mano in un breve, languido cenno. «Fa caldo?» grida lei.
«Sono zuppo» rispondi, senza fretta.
Senti il sudore che striscia sul corpo. Adesso il caldo è in te, ci affondi come in un bagno. Il sudore corre a tor-

renti, debole e vago come un plotone di formiche sulla schiena. Suda per bene, ti ripeti. Suda le tossine e il resto. Rivoli che scendono sulle costole e lo stomaco, facendoti il solletico. Ridi. Dio, che sudata. Non ne hai mai fatto una così. L'odore dell'olio di Anne è dolciastro, nel caldo. E ti fa venire sonno, sonno.

Hai un sussulto. Alzi la testa di colpo.

In cima al dirupo il motore della macchina si avvia, entra la marcia, e mentre guardi Anne ti saluta con un gesto. La macchina lampeggia nel sole, cambia direzione e si dirige verso la strada.

Così è.

«Piccola strega!» gridi irritato, cercando di alzarti.

Non puoi. Il sole deve averti indebolito, ti gira la testa. Maledizione. Continui a sudare.

Sudare.

Nell'aria bollente senti un odore diverso, una cosa familiare ed eterna come il profumo salato del mare. Un sentore dolciastro e stomachevole che per te e quelli come te rappresenta il terrore del mondo. Cominci a gridare e barcolli.

Indossi un mantello, una veste scarlatta. Ti copre le cosce, e mentre guardi scorre dai lombi diffondendosi sulle gambe e le caviglie. È rosso, il rosso più puro nella tavola dei colori. E il più bello e terribile che tu abbia visto, una cascata pulsante sul corpo.

Ti tocchi la schiena, pronunci parole senza senso. Le dita sfiorano tre lunghe ferite aperte tra le scapole.

E tu pensavi che fosse sudore! Era sangue, ma tu credevi un'altra cosa, ci ridevi sopra, ti piaceva addirittura.

Non senti granché. Le dita si agitano confusamente, con debolezza. La schiena è diventata insensibile.

«Qua, ti metto un po' d'olio sulla schiena» ripete Anne, persa nell'incubo diurno della tua memoria. «Ti scotterai.»

Un'onda si abbatte sulla spiaggia. Nel ricordo vedi il lungo filo giallo dell'olio versato sulla pelle, somministrato dalle belle dita di Anne. Risenti il massaggio.

Narcotico in soluzione. Novocaina, cocaina o qualcos'altro in una soluzione gialla che dopo un po' ha addormentato i nervi. Anne sa tutto dei narcotici, no?

Cara, cara, dolce Anne.

«Soffri il solletico?» chiede ancora lei, nella memoria.

Ti viene un conato di vomito e la risposta arriva dalla mente che nuota nel sangue: *No, continua a stuzzicarmi, solleticami pure... Solleticami, cara e desiderabile Anne J. Anthony, solleticami.*

Con il guscio tagliente di un crostaceo.

Ti eri tuffato in cerca di orecchie di mare, hai urtato con la schiena uno scoglio e ti sei ferito contro un grappolo di crostacei. Sì, diranno così. Un incidente mentre nuotavi, che spiegazione perfetta.

Cara, dolce Anne.

O avevi affilato le unghie su una pietra bagnata, tesoro mio?

Il sole ti dà alla testa. La sabbia comincia a fondere ai tuoi piedi. Cerchi di trovare i bottoni da sbottonare, di strapparti di dosso la veste rossa. A tentoni, insensatamente cerchi bottoni che non esistono, la veste rimane dov'è. Com'è assurdo, pensi inutilmente. *Com'è assurdo essere trovato nei tuoi lunghi mutandoni di porpora.*

Ci dev'essere almeno una cerniera. Le tre lunghe ferite possono essere chiuse con la zip e il liquido rosso smetterà di uscire. Tu sei immortale.

Le ferite non sarebbero troppo profonde, a patto di trovare un medico. A patto di prendere le pillole.

Pillole!

Ti butti a capofitto sulla giacca, frughi una tasca e poi l'altra, e l'altra ancora, le rivolti, strappi la fodera e urli, mentre quattro onde si abbattono sulla riva alle tue spalle, come treni che passano rombando. Torni a frugare nelle tasche vuote, sperando di averne dimenticata una. Non c'è altro che pietrisco, una scatola di fiammiferi e due matrici di biglietti del teatro. Butti la giacca.

«Anne, torna indietro!» gridi. «Torna indietro! Ci sono cinquanta chilometri per la città, là troverò un medico. Non posso andarci a piedi, non ho tempo.»

Arrivi ai piedi della rupe e alzi gli occhi. Centoquattordici gradini. La parete è liscia e splende al sole.

Non c'è altro da fare che salire le scale.

Cinquanta chilometri per la città, rifletti. Be', che saranno mai cinquanta chilometri?

È la giornata ideale per una passeggiata.

Titolo originale: *A Careful Man Dies*

Il pigiama del gatto
2003

Non capita ogni sera di vedere un gatto sulla corsia centrale della Strada 9, nelle vicinanze di Millpass in California.

Anzi, uno spettacolo del genere sarebbe insolito su qualunque strada poco trafficata, tanto più che il gatto sembrava un micino abbandonato.

Invece era lì, intento a ripulirsi, quando avvennero due cose.

Una macchina diretta a est ad andatura spedita frenò all'improvviso.

Nello stesso istante, una convertibile molto più veloce che andava a ovest si bloccò sull'asfalto così bruscamente che rischiò di bucare le gomme.

Gli sportelli delle due macchine sbatterono all'unisono.

La bestiola rimase impassibile, mentre un paio di tacchi a spillo ticchettavano da una parte e un paio di scarpe da golf risuonavano dall'altra.

Un bel giovanotto e una bellissima ragazza si chinarono contemporaneamente sull'animale che faceva toeletta, rischiando di scontrarsi.

Le mani dei due toccarono il gatto nello stesso momento.

Era una palla di velluto nero, calda e paffuta, con i baffi sui quali brillavano grandi occhi gialli e una linguetta rosa che spuntava di sotto.

Sia pure in ritardo, il gatto fece un'espressione di meraviglia quando i due viaggiatori lo toccarono insieme.

«Lei non si permetta!» esclamò la giovane donna.

«Cosa non dovrei permettermi?» ribatté il giovanotto.

«Di toccare il mio gatto.»

«E da quando è suo?»

«Sono arrivata prima.»

«Siamo arrivati insieme.»

«No.»

«Sì.»

Lui tirò dalla schiena, lei dal collo finché il gatto miagolò.

Lasciarono per un attimo la bella creatura, ma immediatamente la ripresero, anche se stavolta la ragazza l'afferrò per la schiena e il giovanotto per il collo.

Si guardarono per un lungo momento, cercando di decidere cosa dire.

«Adoro i gatti» spiegò alla fine la ragazza, incapace di guardarlo negli occhi.

«Anch'io» replicò il giovane.

«Abbassi la voce.»

«Non ci sente nessuno.»

Guardarono la strada da un capo all'altro: non c'era traffico.

La giovane scrutò l'animale come in cerca di una rivelazione.

«Il mio gatto è morto.»

«Anche il mio» ribatté lui.

A quella notizia allentarono la presa sulla bestiola.
«Quando?» chiese la ragazza.
«Lunedì» fu la risposta.
«Il mio venerdì scorso» disse lei.
Rimisero le mani sul gattino, questa volta senza stringere; bastava sfiorarlo.
Seguì un momento d'imbarazzo e silenzio.
«Bene» disse alla fine il giovanotto.
«Be', infatti» accennò lei.
«Mi dispiace» aggiunse lui, contrito.
«Anche a me.»
«Come la mettiamo? Non possiamo stare qui per sempre.»
«Sembra che abbiamo tutti e due bisogno di qualcosa.»
Senza una ragione al mondo, lui disse: «Ho scritto un articolo su "Gatti che passione"».
La ragazza lo guardò con maggior interesse. «Io ho diretto una mostra felina a Kenosha.»
Di nuovo silenzio, incertezza.
Una macchina li superò, rombando. Saltarono da un lato e, quando l'altra vettura si fu allontanata, videro che tenevano ancora fra le mani la meravigliosa creatura scampata al pericolo.
Il giovanotto scrutò la strada. «Laggiù c'è un bar, vedo le luci. Perché non andiamo a prendere un caffè e parliamo del futuro?»
«Non c'è futuro senza il mio gatto» disse lei.
«O il mio, piuttosto. Venga, mi segua.»
Le tolse il micio.
Lei gridò e allungò le mani.
«È tutto okay» le disse. «Mi segua.»

La ragazza si ritirò, entrò in macchina e lo seguì lungo la strada.

Entrarono nel bar vuoto, sedettero in un séparé e sistemarono il gattino sul tavolo, giusto in mezzo.

La cameriera li guardò, soppesò il gatto e andò via, tornando poco dopo con un piattino di latte che posò con un gran sorriso. I due giovani capirono di trovarsi alla presenza di un'altra gattofila.

Il gatto cominciò a lappare il latte mentre la cameriera portava il caffè.

«Be', eccoci qua» disse il giovane. «Quanto durerà questa cosa? Resteremo a parlare tutta la notte?»

La cameriera era sempre impettita davanti al tavolo.

«Temo che stiamo per chiudere» disse.

Il giovane aggiunse d'impulso: «Ci guardi».

Lei li guardò.

«Se dovesse decidere a chi dei due va il gattino,» riprese lui «a chi lo darebbe?»

La cameriera osservò la ragazza, poi il giovanotto, e rispose: «Grazie al cielo, non sono re Salomone». Scrisse l'importo su un foglietto e lo posò. «Vedete, c'è gente che ancora legge la Bibbia.»

«C'è un altro posto in cui potremmo andare a parlare?» chiese il giovane.

La cameriera fece un cenno verso la finestra. «C'è un albergo più avanti. Gli animali sono ammessi.»

La notizia fece saltare i due giovani dalla sedia.

Dieci minuti dopo entravano nell'albergo.

Bastò un'occhiata per rendersi conto che il bar era già chiuso.

«È il colmo» disse lei. «Farmi convincere a venire in un hotel per stabilire che il gatto è mio...»

«Non è ancora suo» lui replicò.

«Non ci vorrà molto» disse la ragazza, guardando verso il banco.

«È tutto okay.» Il giovane alzò il gattino. «Sarà lui a proteggerla, perché starà fra lei e me.»

Portò la bestiola al banco, dove il portiere li guardò, mise una chiave sul registro e porse la penna.

Cinque minuti dopo, il gattino correva tutto contento nel bagno della camera.

«Le è mai capitato» domandò il giovane «di essere in ascensore con altre persone e aver deciso di non parlare del tempo ma, per una volta, del suo gatto preferito? Quando si arriva all'ultimo piano, la gente fa i versi più strani.»

A questo punto il gattino tornò nella stanza, saltò sul letto e si piazzò su un cuscino al centro della coperta. Vedendo come stavano le cose, il giovane commentò: «È proprio quello che intendevo proporre. Se vogliamo parlare rilassandoci, lasciamo il gatto in mezzo al letto e sdraiamoci ai lati, completamente vestiti: in questo modo potremo affrontare il nostro problema. Il gatto andrà a quello che lui sceglierà come padrone, accostandosi un po' dalla sua parte. Che ne dice?».

«Deve esserci sotto qualche trucco» disse la ragazza.

«Ma no, deciderà il micio avvicinandosi a me o a lei.»

Sul cuscino, il gatto si era quasi addormentato.

Il giovanotto si sforzò di pensare a qualcosa da dire, perché il gran letto era ancora deserto, a parte la bestiola insonnolita. A un tratto ebbe un'idea e parlò alla giovane donna che stava dall'altro lato.

«Posso chiederle come si chiama?»

«Eh?»

«Se dobbiamo parlare fino all'alba del mio gatto...»

«Fino all'alba, che sciocchezza! Fino a mezzanotte, vorrà dire. E poi il gatto è mio. Mi chiamo Catherine.»

«Come ha detto?»

«Le sembrerà stupido, ma il mio nome è Catherine.»

«Non mi dica il nomignolo, allora.»[1] Per poco non scoppiò a ridere.

«Non c'è pericolo. E lei?»

«Non ci crederà. Tom.» E il giovane scosse la testa.

«So di decine di gatti che hanno quel nome.»

«Non sono degno.»

Lui saggiò il letto come se fosse un bagno caldo, in attesa.

«Se vuole restare in piedi, si accomodi. Quanto a me...»

Si sistemò sul letto.

Il gattino ormai dormiva.

Con gli occhi chiusi, il giovane fece: «E allora?».

Lei sedette e alla fine si sdraiò dalla parte opposta, pronta a buttarsi a terra.

«Così va meglio. Dove eravamo?»

«A discutere chi dei due dovrà tornare a casa con Electra.»

«Ha dato il nome al gatto?»

«Un nome buono come un altro, basato sulla personalità e non sul sesso.»

«Vuol dire che non ci ha guardato?»

[1] Perché è facile immaginare che suonerebbe Ketty o Kitty, "gattina". (*NdT*)

«E nemmeno lo farò. Electra. Continui.»

«La mia arringa per il diritto di proprietà? Bene.» Lui sfregò lo spazio dietro le palpebre, osservò per un momento il soffitto e alla fine disse: «Sa, con i gatti succedono strane cose. Quando ero bambino i nonni dissero a me e ai miei fratelli di affogare una nidiata di micini. Noi ragazzi uscimmo e gli altri obbedirono all'ordine, ma io non potei e scappai».

Ci fu un lungo silenzio.

La ragazza guardò il soffitto e disse: «Grazie a Dio».

Un altro silenzio, poi il giovane riprese: «Qualche anno fa successe una cosa ancora più insolita, ma migliore. Cercavo un gatto, e andai in un negozio di animali a Santa Monica. Devono averne avuti venti o trenta, di tutti i tipi. Mi guardavo intorno, quando la commessa ne indicò uno e disse: "Questo ha veramente bisogno d'aiuto".

«Guardai il gatto e mi sembrò uscito dalla centrifuga di una lavatrice. Chiesi: "Cosa gli è successo?". E la signora rispose: "Apparteneva a una persona che lo batteva, quindi ha paura di tutti".

«Guardai il gatto negli occhi e dissi: "Prenderò proprio lui".

«Lo portai a casa con me e parve atterrito; quando lo depositai in cucina corse di sotto e non voleva saperne di uscire dalla cantina.

«Ci volle più di un mese per stanarlo, portandogli ogni giorno cibo e latte, finché a poco a poco lo convinsi. Allora diventò il mio amico. C'è una bella differenza con l'altra storia, eh?»

«Dio,» fece lei «senza dubbio.»

Adesso la stanza era buia e molto tranquilla. Il micino era in mezzo a loro sul cuscino, e tutti e due si sporsero per vedere come stesse.

Dormiva saporitamente.

Loro erano sdraiati e fissavano il soffitto.

«Devo dirle una cosa» attaccò la ragazza dopo un poco. «Finora ho rimandato, perché potrebbe sembrare un appello strappacuore.»

«Appello?» domandò il giovane.

«Sa,» disse lei «a casa ho finito da poco qualcosa che avevo preparato per il mio gatto morto la settimana scorsa.»

«Che genere di cosa?» chiese lui.

«Be', un pigiama per gatto.»

«Oddio» sospirò il giovane. «Ha vinto. Questa bestiola è sua.»

«Ma no,» protestò la ragazza «non sarebbe leale.»

«Chiunque si prenda la briga di cucire un pigiama per gatto» replicò lui «merita di vincere il concorso. Il gatto è suo.»

«Non posso» fece osservare la giovane.

«Con i miei complimenti» disse l'altro.

Rimasero a lungo in silenzio. Alla fine la ragazza riprese: «Sa, lei non è cattivo nemmeno la metà».

«La metà di cosa?»

«Di quello che pensavo quando l'ho incontrata.»

«E adesso cosa fa?» chiese il giovane.

«Sto piangendo, credo» confessò la ragazza.

«Dormiamo un poco» propose lui alla fine.

Sorse il sole.

Il giovanotto era sdraiato dalla sua parte e sorrideva.

La ragazza sorrideva dalla sua.

Il gattino era ancora sul cuscino al centro del letto.

Alla fine, guardando il sole dalla finestra, lei chiese: «Si è mosso un poco, durante la notte, per far capire con chi vuole andare?».

«No» disse lui sorridendo. «Il gatto non si è mosso, ma tu sì.»

Titolo originale: *The Cat's Pajamas*

Triangolo
1951

Provò tre vestiti, ma nessuno le andava bene. In quel momento appartenevano a qualcun altro, perché l'eccitazione le cambiava il colorito e nessuno dei vestiti s'intonava. Un alone irradiava dalla carne sottile, espandendola: per questo tutto sembrava stretto. La cipria si versò come neve sul pavimento e lei usò il rossetto alla rovescia, poi si guardò allo specchio battendo gli occhi come se avesse visto un fantasma.

«Perdinci, Lydia.» Era Helen, ritta sulla porta. «È soltanto un uomo.»

«È John Larsen» disse Lydia.

«Allora è anche peggio. Ha i capelli che non stanno sulla testa, le braccia troppo lunghe, la bocca piccola e gli occhi di uno scoiattolo. Per non parlare del fatto che arriva appena *qui*.»

Lydia piangeva, guardando le lacrime allo specchio.

«Mi dispiace,» disse Helen «ma è un tale sciocco.»

«Helen!»

«Sei la mia sorellina minore, tutto qui.»

«A me sembra un dio.»

«Non piangere, se dici che un uomo è dio, è dio. È soltanto che i nostri genitori sono morti e io devo farti un po' da mamma, per questo vorrei la persona giusta per te. Ho una certa esperienza degli uomini e so che sono una massa di bugiardi, tutti quanti. Sembrano usciti da un circo: scimmie, pagliacci e imbonitori.»

Lydia era immersa in un sogno d'estate. «Io credo che sia gentile, bello e buono. Quando c'incontra per strada si tocca il cappello. Non è mai venuto a casa nostra, è vero? Non ha mai detto "ba" e poi, all'improvviso, un giorno mi telefona e dice che gli piacerebbe venirmi a trovare per un'oretta. Ho pianto tutto il pomeriggio, ero così contenta. Ho sempre sperato in una sua visita, l'ho notato davanti al negozio di sigari fin da quando avevo sedici anni, il che era vent'anni fa. Avrei voluto fermarmi tutte le volte e dire: ti amo, John, portami via da tutto questo, diventa mio. Invece continuavo a camminare. Ma negli ultimi tempi, quando gli passavamo accanto, nei suoi occhi si accendeva qualcosa, come se anche lui mi notasse. Poi sorrideva e si toccava il cappello.»

«Gli uomini si passano certi trucchi da uno all'altro. La facciata sembra un palazzo e dietro c'è la stalla, neanche imbiancata. Rimetti a posto quella faccia e scegli un vestito verde, starà bene con il colorito rosso.»

«Non volevo diventare rossa dal pianto.» Lydia guardò la bocca stampata sul fazzoletto bagnato di lacrime. «Helen, Helen, è stato così anche per te, dieci anni fa, quando ti innamorasti di Jamie Josephs?»

«Mi alzavo la mattina e le coperte sembravano tizzoni spenti da poco.»

«Oh, Helen!»

«Poi ho scoperto che lui faceva quello strano gioco da

circo, le tre conchiglie. Mi chiedeva di scommettere su qualunque cosa, senza riflettere. Io ero giovane e lo facevo, scommettendo sul fatto che il tempo era mio e potevo godermelo, perché al momento giusto lo avrei ritrovato. Ma al momento buono alzai una delle conchiglie e Jamie non c'era. Adesso faceva il suo giochino in fondo alla strada, fuori città, nel centro commerciale di Skokie. Mi chiedo se qualche donna l'avrà trovato, prima o poi.»

«Non dire così, stasera siamo felici!»

«Tu sei felice della felicità, io del cinismo. Vedremo chi sarà più contenta, alla fine.»

Lydia ridipinse la bocca e la fece sorridere.

Era una dolce sera di settembre, con il primo fuocherello da fumo acceso tra gli aceri intorno alla vecchia, tenera casa. Lydia volava nell'enorme soggiorno a luci spente, perché la sua faccia che sembrava una lampada rosa le avrebbe permesso di vederlo in lontananza come il personaggio di un melodramma, prima che lui calpestasse le foglie sul vialetto. Lo sentì fischiettare un motivo dell'autunno, in fondo alla strada. Ricapitolò i discorsi che si era proposta di fare e scoprì che le parole erano diventate una serie di lettere iniziate e poi appallottolate, rivolte al suo spirito e alla carne ma ora ammucchiate e confuse nella mente. Cominciò a piangere di nuovo, il che annegò le parole ricercate facendole dimenticare, mentre le gentili istruzioni di scena che aveva impartito ai suoi piedi e alle mani rischiavano di essere perdute per sempre. Mise un freno alla cosa dandosi uno schiaffo. Lui ormai saliva i gradini della casa silenziosa, suonava il campanello argentino, togliendosi il cappello di paglia un po' in ritardo sulla stagione, e si schiariva la gola tre volte, come un cliente che richiami l'attenzione di un commesso distratto. Disse qualcosa a bassa voce, come se anche lui recitasse un remoto copione.

«Buonasera.»

John Larsen arretrò dalla porta come se un fucile gli avesse sparato in faccia. Impietrita dal suono della sua voce, che era esplosa senza controllo, Lydia riuscì solo a barcollare sulla soglia, finché l'uomo arrivato da fuori ritrovò un sorriso e lo sfoggiò. Allora lei aprì meglio la porta e avanzò sul portico.

«È una serata così bella» disse. «Sediamoci sul dondolo qui fuori.»

«Bene» disse John Larsen, e sedettero sul dondolo riparato dai fitti rampicanti, nella zona più discreta del portico, al sicuro dagli occhi della città. Lui la aiutò a sedersi prendendola per il gomito, e dove l'aveva toccata rimase un marchio infuocato che doleva e prometteva di lasciare una cicatrice per il resto della vita. Lydia sedette con la testa che girava, e il mondo andò da una parte, dall'altra, finché pensò di essere malata e poi scoprì che erano solo le oscillazioni del dondolo. L'uomo restava silenzioso, rigirando il cappello tra le mani senza saper che fare; leggeva con i piccoli occhi il cartellino della taglia, la vecchia etichetta del prezzo. Il cappello tenuto fra le dita frusciava come un mobiletto di vimini, e lui continuò a esplorarlo per trovare la prima cosa da dire, ma era confuso e sembrava che dovesse alzarsi da un momento all'altro e troncare la serata. Aveva perso i suoi appunti fra il marciapiede e il portico, da qualche parte.

Con una faccia che era un tizzone acceso, la carne scottata dal sangue e le ossa che dolevano per il calore, Lydia sentì le sue labbra gonfie dire: «È un piacere vederla, signor Larsen».

«Oh, mi chiami John» lui replicò, e spinse il dondolo con la punta delle scarpe che ora scricchiolavano a ogni mossa.

«Speravamo che un giorno o l'altro venisse a trovarci» disse Lydia, rendendosi conto di essersi spinta troppo oltre.

«Davvero? Dice davvero?» La guardò con la gioia di un bimbo, perciò lei non aveva detto niente di sbagliato.

«Sì, abbiamo spesso pensato che sarebbe stato bello.»

«Sono contento» disse lui sul bordo del dondolo. «Sa, stasera sono venuto a parlare di una cosa molto importante.»

«Lo capisco.»

«Davvero? Lo immagina?»

«Penso di sì.»

«Conosco lei e sua sorella da molti anni, e qualche volta, passeggiando, ci siamo salutati» continuò lui. «Vi ho viste uscire insieme tante volte e non ho mai avuto il coraggio...»

«Di chiederci di venire a casa.»

«Proprio così, fino a stasera. Poi oggi il coraggio è venuto, e sa perché? È il mio trentaquattresimo compleanno, così mi sono detto: John Larsen, stai invecchiando. Sei solo da troppo tempo, hai viaggiato troppo. La bella vita è finita, per te. È tempo di sistemarti, e quale posto migliore di Green Town, la città natale, dove c'è una ragazza veramente bella, anche se non ti ha mai guardato...»

«Ma sì che l'ha guardata» disse Lydia un po' sibillinamente.

Lui sembrò meravigliato e felice. «Non ci speravo!»

Si appoggiò allo schienale del dondolo, con un sorriso compiaciuto. «In ogni caso, mi sono detto, dovresti farle visita. Farti conoscere. Dirlo a chiare lettere. Non avevo mai osato, perché le donne, specialmente le donne giuste, possono essere così belle e lontane, quasi intoccabili. Io sono un vigliacco riguardo alle donne, le migliori. Quindi, cosa vuole che faccia? Dovevo innanzitutto venire a trovare lei, parlarle, fare progetti, per vedere se potesse aiutarmi.»

«Innanzitutto?» chiese Lydia. «Aiutarla? Fare progetti.»

«Oh, sua sorella è veramente bella» disse John Larsen. «Alta e bianca, la paragono a un giglio, di quelli con il gambo lungo. Ha un portamento così elegante... L'ho vista passare per anni e me ne sono innamorato, ecco, l'ho detto! Per dieci anni l'ho seguita con lo sguardo e non ho avuto il coraggio di dire una parola.»

«Cosa?» La torcia sul volto di Lydia si spense.

«Quindi lei dice che anch'io le piaccio? Pensare a tutti gli anni sprecati, sarei dovuto venire prima. Mi aiuterà a rompere il ghiaccio? Farà in modo che possa avere un appuntamento, presto?»

«Lei ama mia sorella.» Era un'affermazione.

«Con tutto il mio cuore.»

Lei si sentì come una stufa in una mattina d'inverno, quando le ceneri sono fredde e la legna coperta di gelo.

«Cos'è che non va?» chiese l'uomo.

Lydia rimase dov'era, il mondo vacillò e questa volta si sentì male sul serio. Il mondo affondava.

«Dica qualcosa» implorò lui.

«È innamorato di mia sorella» Lydia ripeté.

«In che modo lo dice.»

«Io amo lei.»

«Cosa?»

«Io l'amo» disse ancora Lydia.

«Aspetti un momento» disse l'uomo.

«Non mi ha sentito?»

«Non capisco.»

«Neanch'io» disse lei, drizzandosi sul dondolo. Non tremava più e dagli occhi veniva il gelo.

«Sta piangendo» disse John Larsen.

«È così assurdo. Lei pensa di me le stesse cose che mia sorella pensa di lei.»

«Oh, no» protestò l'uomo.

«E invece sì» confermò Lydia, senza toccare le lacrime con le dita.

«Non è possibile.» John Larsen gridava quasi.

«È così.»

«Ma io l'amo.»

«E io amo *lei*!»

«Non crede che in sua sorella ci sia un barlume d'amore per me?» volle sapere l'uomo, protendendosi nell'aria del portico.

«E lei, non crede che ci sia un barlume d'amore per me, nel suo cuore?» chiese Lydia.

«Dev'esserci qualcosa che posso fare.»

«Non c'è niente che possiamo fare. Tutti amano la persona sbagliata, tutti odiano quella che non c'entra.» E cominciò a ridere.

«Non rida.»

«Non rido affatto.» Lei buttò la testa indietro.

«La smetta!»

«Va bene.» Lydia rideva ancora più forte, aveva gli occhi umidi e lui la scuoteva.

«La smetta!» le gridò in faccia, mettendosi in piedi. «Vada dentro e dica a sua sorella di uscire, vorrei vederla!»

«Glielo dica lei, vada a dirglielo personalmente.»

La risata continuò.

L'uomo si rimise il cappello e rimase dov'era, impietrito, guardando lei che andava su e giù a spinte isteriche, come tramutata in un pezzo di ferro freddo, e contemporaneamente la casa. «La faccia finita!» urlò.

Aveva preso Lydia per le spalle un'altra volta quando una voce disse: «Si calmi!».

L'uomo si voltò e vide Helen dietro la zanzariera del portico, nell'ombra fresca: appena un pallore, un vago profilo color latte. «Si allontani da mia sorella, la lasci in pace. E le tolga le mani di dosso, signor Larsen.»

«Ma, Helen!» protestò l'uomo, correndo verso la porta schermata. Era tenuta con il gancio, e lei mise fuori una mano, come a scacciare dalla zanzariera le ultime mosche dell'estate passata.

«Vada via dal portico, per favore» disse Helen.

«Helen, mi faccia entrare.»

"John, torna qui!" pensò Lydia.

«Conterò fino a dieci, il tempo di mettere il cappello e andarsene.»

L'uomo stava fra le due donne fredde, sul portico buio. Estate e autunno erano finiti, ormai. Una neve invisibile cadeva sulle sue spalle e il vento soffiava dall'interno della casa.

«Com'è potuto succedere?» Lui girò sui tacchi e tornò verso il mondo, lentamente. A Helen, caso strano, sembrò un uomo fermo sulla riva mentre una barca trasportava lei – o piuttosto la casa – sul mare dell'autunno, senza nessuno che venisse a salutare, e tutti che si separavano per sempre. Non riusciva a decidere se fosse un bell'uomo o soltanto ridicolo. La grande sirena suonava e la nave si muoveva più veloce, lasciando quell'ometto sul prato, solo con il suo cappello che raccoglieva e poi guardava intensamente, come a scrutarvi la vita che l'aspettava, un cappello di piccola taglia e piccolo prezzo. Le mani dell'uomo tremavano, era come ubriaco per lo shock. Tremava, gli occhi sporgevano nella faccia bianca.

«Buonanotte, signor Larsen» disse Helen, nascosta nel buio.

Lydia si dondolava ancora, in silenzio e senza fiato. Non rideva e non piangeva più, ma lasciava che il mondo buio la circondasse, da un lato con le stelle e dall'altro con la luna bianca, le mani sui fianchi, le lacrime ormai asciutte nell'aria mossa dal dondolo.

«Addio.» Il signor Larsen inciampò e cadde, finendo sul prato. Rimase seduto un momento, come se stesse affogando, e agitò le mani nell'aria. Poi si alzò e corse in strada.

Quando se ne fu andato, Helen aprì la porta e andò a sedersi pian piano sul dondolo.

Si cullarono per dieci minuti in silenzio, poi Helen disse: «Immagino che non potrai smettere di amarlo».

Oscillavano nella notte.

«No.»

Un minuto dopo Lydia aggiunse: «Immagino che tu non potresti mai amarlo, vero?».

Helen scosse la testa.

Poi ebbero la stessa idea contemporaneamente. Una cominciò e l'altra finì.

«Non credi ci sia un modo...»

«... per farlo smettere di amarti, Helen...»

«... e farlo innamorare di te, Lydia?»

Diedero una spinta al dondolo nella sera schermata dalla vite, e dopo il quarto volo avanti e indietro conclusero che non c'era.

«Mi sembra di vederci» disse Helen. «Buon Dio, fra venti o trent'anni. Tu e io che passeggiamo una sera, per andare in centro. Parliamo fra noi, sole, attraversando Main Street. Arriviamo al negozio di sigari e lui è là, John Larsen tutto solo alla luce del negozio che scarta un sigaro. Noi rallentiamo il passo e lui, quando ci vede, rinuncia ad accenderlo. Io lo guardo come l'ho guardato adesso, anche tu lo guardi come l'hai guardato adesso. E lui guarda te nell'unico modo in cui può guardarti. A me dà un'occhiata da scemo come ha fatto stasera. In pratica siamo ferme e gli facciamo un cenno. Lui alza la mano e si toglie il cappello. È calvo, ormai, noi abbiamo i capelli grigi. Riprendiamo la nostra passeggiata, a braccetto. Facciamo le compere e passiamo la sera in città. Quando torniamo, due ore dopo, sulla strada di casa lo vediamo ancora che guarda nel nulla, solo.»

Il dondolo ondeggiò sempre più lento, fino a fermarsi.

Loro rimasero sedute, senza muoversi, pensando ai prossimi trent'anni.

Titolo originale: *Triangle*

La Macchina Mafiosa Mescola-cemento
2003

Burnham Wood – non ho mai saputo il suo vero nome – mi guidò nello splendido garage che aveva trasformato in stanza di lavoro e biblioteca.

Sugli scaffali era allineata l'opera completa di F. Scott Fitzgerald, rilegata in pelle e con impressioni in oro.

Mentre esaminavo l'incredibile raccolta, parte di un esperimento letterario da lui progettato, le mani cominciarono a tremarmi.

Burnham Wood volse le spalle alla stupenda biblioteca, ammiccò e indicò l'estremità opposta del vasto garage.

«Ecco» disse «la mia ironica macchina dal nome così particolare. Come diceva?»

Senza emozione particolare, ripetei: «Sembra una di quelle betoniere montate sui camion che ogni dieci secondi girano sul proprio asse, impastando il miscuglio che poi sarà versato sulle nuove strade».

«Touché» disse Burnham Wood. «È la mia Macchina Mafiosa Mescola-cemento. Si guardi intorno, c'è un preciso rapporto tra la betoniera e questa biblioteca.»

Osservai i libri, ma non scoprii alcun rapporto. Burnham Wood batté una mano sul fianco della macchina che rumoreggiava come un grande elefante grigio. La Macchina Mafiosa ebbe un fremito e si arrestò.

«L'idea mi è venuta» disse Burnham Wood «una sera di solitudine, quando un camion-betoniera mi sorpassò a grande velocità. Mi chiesi se non andasse a fabbricare un bel paio di stivaletti di cemento per qualche dimenticato gangster italiano. Sul momento ne risi, ma l'idea continuò a perseguitarmi e mesi dopo mi svegliò nel cuore della notte. Dovevo coniugare la mia biblioteca con il grande mostro: trovare il modo, così ragionavo, di trasportare quest'elefante di cemento in un altro tempo.»

Passai intorno alla grande bestia grigia che aveva ripreso a girare e borbottare, pronta al viaggio.

«La Macchina Mafiosa Mescola-cemento?» chiesi. «Si spieghi meglio.»

Burnham Wood toccò i libri di F. Scott Fitzgerald sullo scaffale e me ne mise uno in mano.

Lo aprii. «È *Gli ultimi fuochi*, il suo ultimo romanzo. Non visse abbastanza per poterlo finire.»

«Ecco lo scopo della macchina.» Burnham Wood accarezzò l'ingombrante congegno. «Vuole che le dica cosa c'è dentro? Tutti i secondi, i minuti, le ore, i giorni, le settimane, i mesi e gli anni dell'ultimo mezzo secolo. Noi useremo quelle ore e quei giorni per aiutare Scotty a guadagnare un po' di tempo extra e a finire il romanzo. Doveva essere il suo capolavoro, ma si rivelò qualcosa di simile a un disco mezzo rotto suonato nel cuore della notte, quando abbiamo già bevuto troppo.»

«E come pensa» dissi io «di ottenere lo scopo?»

Burnham Wood mi fece vedere un elenco. «Legga. Questi sono i destinatari della mia macchina.»

Osservai l'elenco e cominciai a leggere.

«B.P. Schulberg della Paramount, giusto?»

«Giusto.»

«Irving Thalberg della MGM. Darryl Zanuck della Fox...»

«Proprio così.»

«Andrà a trovare tutta questa gente?»

«Sì.»

«Ma ci sono i nomi di registi di vari studios, produttori, donne che lui conobbe e baristi disseminati in tutto il creato. Come farà?»

«Troverò il modo di commuoverli, di corromperli, e quando sarà necessario darò loro una buona battuta.»

«E Irving Thalberg? Morì nel 1936, vero?»

«Se fosse vissuto un po' di più avrebbe avuto un buon influsso su Scotty.»

«Cosa può fare, lei, di fronte alla morte?»

«Thalberg morì in un'epoca in cui non c'erano ancora i sulfamidici. Penso di entrare nella sua camera d'ospedale una settimana prima del decesso e dargli le medicine che lo salveranno, in modo che torni alla MGM per un altro anno. C'è il caso che scritturi Scotty per un incarico migliore di quelli che gli avevano procurato fino a quel momento.»

«Un bell'elenco» dissi. «Sembra disposto a muovere questa gente come pedine.»

Burnham Wood mi fece vedere un fascio di biglietti da cento dollari. «Li seminerò ai quattro venti, uno o l'altro di quei produttori avrà almeno la tentazione di fare qualcosa. Ora si avvicini, ascolti.»

Mi avvicinai alla gran macchina rombante e mi accorsi che dall'interno provenivano grida lontane e colpi d'arma da fuoco.

«Sembra la rivoluzione» dissi.

«La presa della Bastiglia» confermò Burnham Wood.

«E perché si trova là dentro?»

«C'è un film della MGM, *Maria Antonietta*... Fitzgerald ci ha lavorato.»

«Dio mio, sì. Perché ha fatto una cosa del genere?»

«Amava il cinema, e amava ancor più i soldi. Ascolti meglio.»

Questa volta gli spari erano più forti, e quando cessò il bombardamento dissi: «*Tre camerati*, Germania-MGM 1936».

Burnham Wood annuì.

Ci fu uno scoppio di risa femminili. Quando si placò dissi: «*Donne*, con Norma Shearer e Rosalind Russell, MGM 1939».

Burnham Wood annuì di nuovo.

Ci furono altre grida di gioia, brani musicali. Recitai i nomi che ricordavo dai vecchi libri di cinema.

«*Anime in delirio* con Joan Crawford, *Madame Curie* con Greer Garson, sceneggiatura di Huxley e F. Scott Fitzgerald. Dio mio» dissi. «Perché accettò film così e perché nella macchina ci sono tutti quei rumori?»

«Perché li sto facendo a pezzi, sto distruggendo i copioni. Sono tutti nella miscela: *Il diamante grosso come l'hotel Ritz, Di qua dal Paradiso, Tenera è la notte*. Ce li ho buttati dentro e sono convinto che, quando si mescola la paccottiglia con la roba veramente buona, si ha la possibilità di spianare una nuova strada nel passato, per costruire un diverso futuro.»

Rilessi l'elenco. «Questi sono i nomi dei produttori, registi e amici scrittori che frequentò per un certo numero di anni: alcuni alla MGM, un po' meno alla Paramount, altri ancora, e sono la maggior parte, a New York fino all'estate del 1939. Quanto fa in totale?»

Guardai Burnham Wood e mi accorsi che fissava la macchina tremando di eccitazione.

«Tornerò indietro con la mia betoniera metaforica, fabbricherò scarpe di cemento per tutti quegli idioti, poi li trasporterò in riva al mare dell'eternità e ce li lascerò cadere. Aprirò le porte della libertà per Scotty, gli regalerò il tempo, così a Dio piacendo *Gli ultimi fuochi* sarà finito e pubblicato completo.»

«Ma nessuno potrebbe farlo!»

«Io ci riuscirò, o morirò nel tentativo. Li rintraccerò a uno a uno, scegliendo la giornata adatta in tutti quegli anni. Li rapirò dal loro ambiente e li trasferirò in altre città, altri anni, dove dovranno cavarsela da soli, alla cieca, ignari del posto da cui vengono perché l'avranno dimenticato, come avranno dimenticato lo sciocco fardello che hanno imposto a Scotty.»

Ero meditabondo e tenevo gli occhi chiusi. «Buon Dio, tutto questo mi ricorda un film con George Arliss che ho visto quando ero bambino: *The Man Who Played God.*»

Burnham Wood rise sommessamente. «George Arliss, sì. A volte mi sento effettivamente come il Creatore e mi arrogo il diritto di salvare il nostro caro, ubriaco, sciocco e infantile Fitzgerald.»

Accarezzò di nuovo la macchina che vibrava, sussurrava. Mi sembrò di sentire la sirena degli anni che si susseguivano all'interno, precipitosi.

«È il momento» disse Burnham Wood. «Sto per salire, avviare i reostati e fare il trucco dell'uomo che scompare. Fra un'ora vada nella più vicina libreria oppure controlli i volumi sul mio scaffale, per vedere se c'è stato un cambiamento. Non so se riuscirò a tornare, potrei rimanere incastrato in un anno del lontano passato. Potrei perdermi come i signori che ho intenzione di rapire.»

«Spero che non le dispiaccia se lo dico,» ricominciai «ma non credo che potrà cambiare il tempo, a prescindere dalla sua voglia di restaurare l'ultimo romanzo di Fitzgerald.»

Burnham Wood scosse la testa. «A volte rimango sveglio, la notte, pensando con dispiacere alla morte dei miei scrittori preferiti. Il povero, triste Melville, il caro e perduto Poe, Hemingway che sarebbe dovuto morire in un incidente aereo in Africa e che invece perse soltanto l'abilità di essere un grande scrittore. Per loro non posso fare niente, ma qui, a così breve distanza da Hollywood, devo tentare. È tutto.» Burnham Wood si fregò le mani, le tese e strinse le mie. «Mi auguri buona fortuna.»

«Buona fortuna» dissi. «C'è qualcosa che possa fare, per fermarla?»

«Non ci provi nemmeno» rispose. «Il mio grande elefante americano, qui, macina il tempo nello stomaco: non cemento ma ore, giorni e anni... è una macchina letteraria.»

Saltò nella betoniera mafiosa, regolò le coordinate su una console elettronica e si volse a me per studiarmi.

«Cosa farà tra un'ora circa?» domandò.

«Andrò a comprare una copia degli *Ultimi fuochi*» risposi.

«Grande!» esclamò lui. «Stia indietro, attento alla ripercussione.»

«È una battuta dalla *Vita futura*, vero?»

«Di H.G. Wells» rise Burnham Wood. «Attento alla ripercussione!»

Il coperchio si richiuse e la grande Macchina Mafiosa Mescola-cemento rombò, macinò gli anni, e il garage fu improvvisamente deserto.

Aspettai un bel pezzo, sperando che un altro spostamento d'aria annunciasse il ritorno della grande bestia grigia, ma il garage era sempre deserto.

Un'ora dopo, in libreria, chiesi un titolo preciso.

Il commesso mi diede una copia degli *Ultimi fuochi*.

La aprii e sfogliai le pagine.

Gridai, al colmo dello stupore.

«Ce l'ha fatta, ce l'ha fatta davvero! Ci sono cinquanta pagine in più, e il finale non è quello che ho letto quando il libro è stato pubblicato tanti anni fa. È riuscito nella sua impresa!»

Cominciai a versare lacrime.

«Sono ventiquattro dollari e cinquanta» disse il commesso. «Ma che le prende?»

«Non lo saprà mai» risposi. «Invece io ho questa fortuna, sia benedetto Burnham Wood.»

«Chi?»

«L'uomo che giocava a essere Dio» risposi.

Avevo gli occhi pieni di lacrime, bruciavano. Mi avviai fuori del negozio con il libro stretto al petto, mormorando: «Sì, l'uomo che giocava a essere Dio».

Titolo originale: *The Mafioso Cement-Mixing Machine*

I fantasmi
1950-1952

Di notte i fantasmi fluttuavano sui campi come spore color cotone. Già da lontano vedevi i loro occhi ardenti come lanterne e uno scoccare di scintille quando cozzavano l'uno contro l'altro, come se qualcuno avesse agitato un braciere e i carboni ardenti cadessero dal mucchio in una piccola cascata di fuoco. Lo ricordo bene, venivano sotto le finestre tutte le sere di mezza estate, per tre settimane all'anno; papà chiudeva le finestre a sud, guidava il gregge di noi bambine nella camera a nord e là passavamo la notte, sperando che i fantasmi cambiassero direzione e ci divertissero lo stesso, seguendoci nell'altro prato. Invece restavano a sud, era quello il campo che volevano.

«Devono venire da Mabsbury» diceva papà, con la voce che saliva dalla tromba delle scale alla nostra camera da letto. «E quando esco col fucile, perdinci, sono sempre già andati!»

Sentivamo la mamma replicare: «Be', allora mettilo via. Tanto non gli spareresti lo stesso».

Era stato papà a dire a noi ragazze che i fantasmi *erano* fantasmi: annuiva con aria grave e ci guardava negli occhi. Ed erano fantasmi indecenti, per via di come ridevano e premevano le forme nell'erba del prato. Si poteva distinguere il punto in cui si erano sdraiati la notte prima, un uomo e una donna che immancabilmente ridevano fra loro. Noi bambine ci svegliavamo e ci affacciavamo alla finestra per farci scompigliare i capelli dal vento come petali di tarassaco, poi restavamo a sentire.

Ogni anno cercavamo di nascondere a mamma e papà l'arrivo dei fantasmi. A volte ci riuscivamo per una settimana, giorno più giorno meno, ma verso l'8 luglio papà cominciava a innervosirsi. Ci spiava, ci manovrava, e guardando attraverso le tende di camera nostra chiedeva: «Laura, Ann, Henrietta, non è che per caso... di notte, la settimana scorsa o quella prima... avete notato *qualcosa*?».

«Qualsiasi cosa, papà?»

«Fantasmi, volevo dire.»

«Fantasmi, papà?»

«Sapete, come l'estate scorsa e quella prima.»

«Io non ho visto niente, e tu, Henrietta?»

«Io no, e tu, Ann?»

«No, e tu, Laura?»

«Smettetela, smettetela!» gridava papà. «Rispondete a una semplice domanda: avete sentito niente?»

«Io ho sentito un coniglio.»

«Io ho visto un cane.»

«Io un gatto.»

«Be', se tornano i fantasmi dovete dirmelo» ordinava papà con ansia, poi arrossiva e doveva andarsene.

«Ma perché non vuole che vediamo i fantasmi?» mormorava Henrietta. «Dopotutto, è stato lui a spiegarci che erano fantasmi.»

«A me piacciono» ammetteva Ann. «Sono diversi.»

Ed era vero. Per tre ragazzine come noi un fantasma era qualcosa di raro e meraviglioso. I nostri tutori, che arrivavano in macchina ogni giorno, ci tenevano molto irreggimentate. Ogni tanto c'erano le feste di compleanno, ma nel complesso le nostre vite erano piatte come un dolce mal lievitato. Avevamo sete di avventure e i fantasmi ci salvavano, fornendoci tutta la pelle d'oca di cui avevamo bisogno nella bella stagione, anzi fino all'anno dopo.

«Ma cosa vengono a fare, qui?» si chiedeva Ann.

Non lo sapevamo.

Papà sembrava che lo sapesse, e una sera sentimmo la sua voce che saliva dalle scale. «La morbidezza dell'erba» dichiarò alla mamma.

«Ci pensi troppo» rispose lei.

«Credo che siano tornati.»

«Le bambine non l'hanno detto.»

«Le bambine sono un po' troppo furbe. Credo che faremmo meglio a cambiarle di stanza, ormai.»

«Povera me» sospirò la mamma. «Aspettiamo di essere sicuri. Sai come diventano quelle ragazzine quando vanno a dormire in un altro posto. Non chiudono occhio per una settimana e di giorno sono una peste. Pensa anche a me, Edward.»

«D'accordo» disse papà, ma dal tono di voce capimmo che lo diceva per furbizia e che stava facendo i suoi piani.

La mattina dopo noi tre ragazze corremmo a colazione, giocando ad acchiapparello. «Prendimi!» gridavamo, quando d'un tratto ci fermammo e guardammo papà. «Cosa c'è, papà?»

Se ne stava da parte, con le mani gialle di tintura di iodio e fasciature bianche, la faccia e il collo arrossati.

«Niente» rispose, tenendo gli occhi sul piatto di cereali e rimescolando tristemente.

«Ma cos'è stato?» Ci stringemmo intorno a lui.

«Venite qui, bambine» disse la mamma, cercando di non ridere. «Papà ha un'infiammazione dovuta all'edera velenosa.»

«L'edera?»

«Com'è successo, papà?»

«Sedete, bambine» disse la mamma, perché papà stringeva i denti.

«Come ha fatto a infiammarsi?» chiesi.

Papà uscì furioso dalla stanza. Non aprimmo più bocca.

La notte successiva, niente fantasmi.

«Accidenti» protestò Ann.

Infilate nei letti come topolini, aspettavamo la mezzanotte.

«Sentite niente?» mormorai. Vidi gli occhi di bambola di Henrietta che andavano alla finestra e guardavano in basso.

«No» rispose.

«Che ore sono?» chiesi più tardi, sibilando.

«Le due.»

«Scommetto che non verranno.» Ero triste.

«Anche noi scommettiamo» dissero le mie sorelle.

Ascoltavamo il fruscio del nostro fiato nella stanza. La notte rimase silenziosa fino all'alba.

«Tè per due e due per tè» cantava papà, versando la bevanda che prendeva a colazione. Sorrideva e si dava persino dei colpetti sulla schiena. «Ha ha ha» disse alla fine.

«Papà è contento» fece Ann alla mamma.
«Sì, cara.»
«Anche se l'edera velenosa gli ha fatto venire l'orticaria.»
«Confesso che me ne frego» disse papà con una risata. «Sono un mago, un esorcista.»
«Un cosa, papà?»
«E-s-o-r-c-i-s-t-a» scandì. «Un po' di tè, mamma?»
Henrietta e io andammo alla nostra biblioteca mentre Ann usciva a giocare. «"*Esorci-sta*"» lessi. «Eccolo qui.» Lo sottolineai. «"Chi esorcizza gli spiriti."»
«Li fa scappare dall'isolato?» chiese Henrietta.
«No, scema. Esorcizzare significa "eliminare, liquidare".»
«Uccidere?» chiese Henrietta lamentosamente.
Guardavamo il libro con gli occhi sgranati.
«Papà ha ucciso i nostri fantasmi?» ripeté angosciata, mentre gli occhi si riempivano di lacrime.
«Neanche lui sarebbe così cattivo.»
Restammo sedute una mezz'ora, sentendoci fredde e vuote. Alla fine Ann entrò in casa, grattandosi le braccia. «Ho scoperto dove a papà è venuta l'allergia» annunciò. «Qualcuno vuole sentire?»
«Dove?» chiedemmo.
«Sul pendio sotto la nostra finestra» spiegò lei. «Ho visto un sacco di edera velenosa che prima non c'era.»
Chiusi lentamente il libro. «Andiamo a vedere.»
Sul declivio c'era effettivamente l'edera velenosa, libera e non rampicante. Qualcuno l'aveva trovata nel bosco e ne aveva trasportato grosse quantità sotto casa nostra, dove l'aveva disseminata.
«Oh» ansimò Henrietta.

Pensammo alle mani e alla faccia gonfia di papà.

«I fantasmi» mormorai. «L'edera velenosa può esorcizzarli?»

«Guardate cosa ha fatto a papà.»

Annuimmo.

«*Sst*» dissi, portandomi un dito alla bocca. «Procuriamoci dei guanti. Dopo il tramonto la porteremo via, così esorcizzeremo l'esorcismo.»

«Urrà!» gridammo insieme.

Le luci erano spente, la sera estiva calma e profumata dai fiori. Aspettavamo nei letti, con gli occhi lucenti come volpi in una grotta.

«Le nove» mormorò Ann.

«Le nove e mezzo» annunciò più tardi.

«Spero che vengano» disse Henrietta. «Dopo tanta fatica...»

«*Sst*, ascoltate!»

Sedemmo in mezzo al letto.

Nei campi rischiarati dalla luna si sentiva un frusciare, un mormorio di vento estivo che agitava l'erba e le stelle in cielo. Poi un rumore di foglie calpestate e un riso gentile, e mentre correvamo alle finestre a passi ovattati, pronte a stringerci insieme nell'attesa dell'orrore, sul pendio erboso ci fu una pioggia di scintille demoniache e due figure nebbiose avanzarono tra i cespugli che le nascondevano.

«Oh» gridammo, stringendoci l'una all'altra perché tremavamo. «Sono tornati, sono tornati!»

«Se papà lo sapesse...»

«Ma non lo sa. *Sst!*»

La notte rideva e mormorava, l'erba frusciava nei

campi. Per un pezzo non ci muovemmo, poi Ann disse: «Io scendo».

«Cosa?»

«Voglio sapere.» E si staccò da noi.

«Potrebbero ucciderti.»

«Vado.»

«Ma i fantasmi, Ann!»

La sentimmo sgattaiolare per le scale, aprire piano la porta d'ingresso. Ci avvicinammo alla zanzariera e vedemmo Ann che, in camicia da notte, svolazzava in cortile come una falena di velluto. «Dio, proteggila» pregai. Perché ormai era vicina ai fantasmi, nel buio.

«Ah!» gridò Ann.

Ci furono altri gridolini. Henrietta e io trattenemmo il fiato, poi Ann tornò di corsa in casa, ma non sbatté la porta. In un attimo i fantasmi scomparvero nel vento, oltre la collina.

«Adesso guarda cos'hai combinato» protestò Henrietta quando Ann entrò nella nostra stanza.

«Non parlarmi così» scattò Ann. «Oh, è spaventoso!» Si avvicinò alla finestra e cercò di riabbassarla. Io la fermai.

«Cosa ti è preso?» domandai.

«I fantasmi» lei singhiozzò, in parte arrabbiata, in parte triste. «Se ne sono andati per sempre. Li ha spaventati papà, e sapete cosa c'era là fuori, stanotte? Lo sapete?»

«Cosa?»

«Due *persone*» gridò Ann, con le lacrime che le bagnavano le guance. «Un brutto uomo e una donna!»

«Oh» lamentammo.

«Nessun fantasma verrà mai più» disse Ann. «Come odio papà!»

E per il resto dell'estate, nelle sere di luna in cui il vento soffiava dalla parte giusta e nella penombra del campo si muovevano figure indistinte, noi tre ragazze facemmo esattamente quello che avevamo fatto l'ultima volta. Ci alzavamo dai letti, attraversavamo la stanza tranquillamente e chiudevamo ben bene la finestra, in modo da non sentire quella brutta gente; poi tornavamo a letto, chiudevamo gli occhi e sognavamo i giorni in cui venivano i fantasmi, le notti felici prima che papà rovinasse tutto.

Titolo originale: *The Ghosts*

Dov'è il mio cappello, perché ho tanta fretta?
2003

«Dimmi, Alma, quando è stata l'ultima volta che siamo andati a Parigi?» chiese lui.

«Buon Dio, Carl,» rispose Alma «non ricordi? È stato appena due anni fa.»

«Ah, già» disse Carl, e buttò giù una nota sul taccuino. «2002.» Poi alzò gli occhi. «E prima di allora, Alma?»

«Nel 2001, naturalmente.»

«Già, già, 2001. E poi nel 2000.»

«Come non celebrare il nuovo secolo?»

«Il falso nuovo secolo.»

«La gente non vedeva l'ora. Ha dovuto festeggiare con un anno di anticipo.»

«Bello, però. Parigi nel 2000.» Lui continuò a prendere appunti.

Lei gli lanciò un'occhiata, sporgendosi. «Ma che fai?»

«Ricordo, metto a fuoco Parigi. Tutte le volte che ci siamo andati.»

«Che bello.» Alma si rilassò e sorrise.

«Non sempre. Ci siamo stati nel 1999? Mi sembra di ricordare che...»

«C'è stato il matrimonio di Jane, quell'anno. E la laurea di Sam. Abbiamo saltato Parigi.»

«Niente Parigi nel 1999. Ecco fatto.» Lui tracciò una riga sulla data. «Invece ci siamo andati nel 1998, 1997 e 1996.»

Lei confermò tre volte.

Suo marito ripercorse tutti gli anni fino al 1983 e lei continuò ad annuire.

Carl finì di annotare le date e passò un bel pezzo a guardarle.

Fece qualche correzione, aggiunse un commento a lato di alcune date e restò a meditare senza troppa allegria.

Alla fine prese il telefono e pigiò sulla tastiera. Quando risposero, disse: «Viaggi Aragon? Vorrei due biglietti, uno a mio nome e l'altro senza nominativo, sul volo delle cinque di oggi per Parigi. Aspetto che mi richiami, ma presto, per cortesia».

Diede il suo nome e il numero di carta, poi riabbassò il ricevitore.

«Parigi?» chiese la moglie. «Non me l'avevi detto, non c'è tempo per i preparativi.»

«Ho deciso pochi minuti fa.»

«Su due piedi? Però...»

«Non hai sentito? Un biglietto a mio nome, l'altro libero. Non so ancora a chi lo intesterò.»

«Ma...»

«Tu non vieni.»

«Hai ordinato due biglietti...»

«Nome e volontario seguiranno.»

«Volontario?»

«Ne consulterò parecchi.»

«Ma se aspettassi ventiquattr'ore...»

«Non posso. Ho già aspettato vent'anni.»

«Vent'anni?»

Carl pestò sui tasti. In lontananza un telefono squillò e rispose una voce acuta.

«Estelle?» fece lui. «Sono Carl, e so che farmi vivo così all'ultimo momento è assurdo, ma hai un passaporto in ordine? Sì? Bene, perché...» Si mise a ridere. «Che ne diresti di volare a Parigi oggi pomeriggio alle cinque?» Rimase in ascolto. «Nessuno scherzo, Parigi, dieci notti. Stessa camera, stesso letto, tu e io. Dieci notti e tutto pagato.» Ascoltò ancora, annuendo, con gli occhi chiusi. «Sì, già. Sì, capisco, ma ho voluto provare. Magari la prossima volta... Ti ho detto che capisco e sono in grado di accettare un rifiuto. Certo, ci sentiamo.»

Riappese e guardò l'apparecchio.

«Era Estelle.»

«Ho sentito.»

«Non può venire, niente di personale.»

«Non mi è sembrato così.»

«Aspetta un momento.»

«Sto aspettando.»

Carl fece un altro numero e si sentì una seconda voce femminile.

«Angela? Sono Carl. So che ti sembrerà pazzesco, ma possiamo vederci al terminal della United Airlines, alle cinque di oggi pomeriggio? Porta solo l'indispensabile, andiamo a Parigi per dieci notti, champagne e chiacchiere sul divano. Bed and breakfast, tu e io.»

La voce si fece molto più acuta.

«Lo prendo per un sì, magnifico!»

Lui riattaccò e quasi non si teneva dal ridere.

«Era Angela!» esclamò, raggiante.

«L'avevo capito.»

«Nessuna resistenza, da parte sua.»

«Niente, liscio come l'olio. Ora ti prego...»

«Un momento.» Il marito uscì dalla stanza e tornò pochi minuti dopo con una valigetta, infilando il portafoglio e il passaporto nella tasca della giacca.

Stava davanti alla moglie, in piedi, e continuava a ridere.

«Adesso» disse lei «mi darai una spiegazione.»

«Sì.»

Le porse l'elenco che aveva scritto dieci minuti prima.

«Va dal 1980 al 2002» spiegò. «Tutte le volte che siamo andati a Parigi, vero?»

Sua moglie diede una scorsa all'elenco. «Proprio così, e allora?»

«Siamo sempre andati in Francia insieme?»

«Sempre, sì.» Lei riesaminò l'elenco. «Però non capisco...»

«Non hai mai capito. Dimmi, ti ricordi quante volte abbiamo fatto l'amore a Parigi?»

«Che strana domanda.»

«Nient'affatto. Quante?»

Lei guardò l'elenco, come se la risposta fosse stata lì.

«Non puoi pretendere che mi ricordi le volte esatte.»

«No,» acconsentì il marito «perché non è possibile.»

«Non è possibile?»

«Neanche se provassi.»

«Ma certo...»

«Non c'è niente da aggiungere, perché neanche una volta l'abbiamo fatto a Parigi, città dell'amore!»

«Deve esserci stata...»

«Neanche una volta. Tu l'hai dimenticato, io no. Memoria totale. Mai, mai mi hai invitato a letto.»

Ci fu un lungo silenzio. Alma fissò ancora l'elenco e alla fine lo lasciò scivolare tra le dita. Non guardava Carl.

«Adesso ti è tornata la memoria?» si chiese lui ad alta voce.

Lei annuì in silenzio.

«E non è triste?» le chiese.

Lei annuì ancora, pacatamente.

«Ricordi il film che vedemmo tanto tempo fa con la Garbo e Melvyn Douglas? Erano a Parigi, guardavano un orologio, e vedendo che era quasi mezzanotte lui diceva: "Oh, Ninotchka, Ninotchka, la lancetta grande e quella piccola ormai si toccano. Si toccano e fra un momento metà Parigi farà l'amore con l'altra metà. Ninotchka, Ninotchka".»

Sua moglie annuì e una lacrima luccicò nell'occhio.

Carl andò alla porta, la aprì e disse: «Capisci perché devo andarci? L'anno prossimo potrei essere troppo vecchio, o forse non esserci nemmeno».

«Non è mai troppo tardi...» cominciò lei.

«Per noi sì, è troppo tardi. Vent'anni a Parigi sprecati. Venti settimane, venti possibili notti del 14 luglio con la presa della Bastiglia, tutte a vuoto. Dio, che tristezza, potrei quasi piangere. Ma per quest'anno ho deciso. Arrivederci.»

«Arrivederci» lei sussurrò.

Il marito aprì la porta e guardò il futuro dalla soglia.

«Oh, Ninotchka, Ninotchka» ripeté, poi uscì e stette attento a chiudere senza far rumore.

Fu un colpo che lasciò la moglie riversa sulla poltrona.

Titolo originale: *Where's My Hat, What's My Hurry?*

La trasformazione
1948-1949

Piombarono nella stanza prima che Steve riuscisse ad alzarsi dalla poltrona, lo afferrarono e gli misero una mano sulla bocca, poi lo scortarono fuori del piccolo appartamento giallo. Inerte dal terrore, vide l'intonaco scrostato su di lui e girando la testa con uno scatto riuscì a liberarsi la bocca, mentre lottavano per spingerlo fuori della porta; vide le pareti del suo rifugio costellate di fotografie di uomini forti attaccate con le puntine, tratte da riviste come «Muscoli e Salute», e sul pavimento, gettate ovunque dopo la breve colluttazione, le copie di «Flash Detective» che leggeva quando i passi erano risuonati alla porta.

Adesso Steve penzolava come un cadavere fra i quattro uomini. Per un poco la paura fu così agghiacciante che non riuscì a fare un sol gesto, peso morto che altri trasportavano nell'aria notturna. E Steve pensò: è tutto sbagliato, qui siamo nel Sud, io sono bianco, loro sono bianchi, eppure sono venuti a sequestrarmi a casa mia. Non può essere, cose del genere non succedono. Cosa gli prende, al mondo, quando si verifica un fatto così?

La mano sudata gli premeva di nuovo sulla bocca, e intanto lo portavano sul prato come un ubriaco. Sentì una voce che ridacchiando diceva: «Buonasera, signorina Landriss. È il nostro amico Steve Nolan, sbronzo un'altra volta. Sissignora, sbronzo!». E tutti risero o fecero finta.

Lo gettarono sul retro di una macchina e gli uomini si accalcarono intorno a lui, schiacciandolo come una foglia nascosta tra le pagine di un libro in una calda sera estiva. La macchina si scostò dal marciapiede e gli uomini cominciarono a parlare, poi la mano che copriva la bocca di Steve Nolan lo lasciò libero di leccarsi le labbra e guardarli con occhi terrorizzati, di vetro.

«C-cosa avete intenzione di fare?» ansimò, puntando i piedi sul fondo della macchina come per arrestarne la corsa.

«Stevie, Stevie.» Uno degli uomini scosse la testa lentamente.

«Cosa volete da me?» gridò lui.

«Lo sai quello che vogliamo, ragazzo mio.»

«Fatemi uscire di qui!»

«Tenetelo.»

Correvano nel buio su una strada di campagna. I grilli cantavano su tutti e due i lati e non c'era la luna, solo un gran numero di stelle nell'aria tiepida e scura.

«Non ho fatto niente, ma vi conosco: siete i maledetti liberali, i comunisti. Volete ammazzarmi!»

«Non ci pensiamo nemmeno» disse uno degli uomini, dando un buffetto affettuoso e significativo sulla guancia di Steve.

«Io» fece un altro «sono repubblicano. E tu, Joe?»

«Sono un repubblicano anch'io.»

Tutti e due sorrisero a Steve come gattoni. Lui aveva un gran freddo. «Se venite per quella negra, Lavinia Walters...»

«Chi ha mai parlato di Lavinia Walters?»

Si guardarono in faccia con sorpresa.

«Tu sai niente di Lavinia Walters, Mack?»

«No, e tu?»

«Mah, ultimamente ho saputo che ha avuto un bambino. È quella a cui ti riferisci?»

«Adesso basta, ragazzi, basta, fermate la macchina e vi dico tutto su Lavinia Walters...» Steve cercò di passarsi la lingua sulle labbra, ma tremava. Aveva gli occhi sbarrati, la faccia del colore di un osso spolpato. Sembrava un cadavere sostenuto da uomini sudati che lo schiacciavano nel mezzo, ed era ridicolo e fuori posto, secco dalla paura.

«Statemi a sentire, vi dico di starmi a sentire!» gridò, ridendo istericamente. «Siamo del Sud tutti quanti, e noi del Sud dobbiamo restare uniti, vi pare? Voglio dire, la verità è questa.»

«Ma noi siamo uniti.» Gli uomini si scambiarono occhiate. «Più uniti di così... eh, ragazzi?»

«Aspettate un momento.» Steve strinse gli occhi. «Io vi conosco. Tu sei Mack Brown, guidi il camion del luna park sul torrente. E tu sei Sam Nash, lavori là come gli altri. Siete tutti del luna park e tutti ragazzi del posto, non dovreste comportarvi in questo modo. Dev'essere l'effetto del caldo, ma adesso parcheggiate al prossimo incrocio, mi lasciate andare e, giuro su Dio, non dirò una parola a nessuno.» Sorrise generosamente. «Io lo so, avete il sangue bollente e tutto il resto, ma veniamo dallo stesso posto e... chi è quello davanti, seduto con Mack?»

L'uomo si girò, illuminato dalla brace della sigaretta.

«Ma sei...»

«Bill Colum. Ciao, Steve.»

«Bill, siamo andati a scuola insieme!»

Nella luce evanescente, Colum faceva la faccia dura. «Non mi sei mai piaciuto, Steve. Adesso ti detesto.»

«Se tutto questo è per Lavinia Walters, maledetta negra, prendete un granchio. Non le ho fatto niente.»

«E nemmeno a una decina di altre donne, magari.»

Mack Brown, che stava al volante, aprì le labbra con la sigaretta incollata in un angolo. «Io sono ignorante, dimentico le cose. Che storia è questa di Lavinia? Ditemelo, mi piacerebbe sentirla un'altra volta.»

«Era una donna di colore fiera e senza peli sulla lingua» disse Sam, che teneva stretto Steve sul sedile posteriore. «Ieri ha avuto la faccia tosta di andarsene a passeggio per Main Street con un bambino tra le braccia. E sai cosa gridava, Mack, in modo che la sentissero tutti i bianchi? Gridava: "Questo è il figlio di Steve Nolan!".»

«Un'indecenza, da parte sua.»

Infilarono un viottolo laterale e tutto sassi nella direzione del luna park.

«E non è tutto. È entrata in ogni negozio dove i negri non mettevano piede da anni, si è mescolata alla gente e ha detto: "Guardatelo, questo è il figlio di Steve Nolan. Steve Nolan".»

Steve sudava abbondantemente. Cercò di lottare, ma Sam lo afferrò per la gola e strinse. Steve si calmò. «Continua a raccontare» disse Mack sul sedile davanti.

«È successo che un pomeriggio Steve portava la sua Ford per una strada di campagna quando ha visto la più carina delle ragazze di colore, Lavinia Walters, che invece andava a piedi. Ha fermato la macchina e ha detto che se non saliva avrebbe raccontato alla polizia che gli aveva rubato il portafoglio. La ragazza ha avuto paura e così gli ha permesso di portarla giù alla palude, per un'ora.»

«È andata così?» Mack Brown accostò fra i tendoni del luna park. Era lunedì sera e il parco era deserto, a luci spente; i tendoni si agitavano nel vento tiepido. Da qualche parte brillavano fioche lanterne azzurre che proiettavano lividi colori sulle insegne delle attrazioni.

Sam Nash agitò una mano davanti alla faccia di Steve, dandogli prima un buffetto sulle guance, poi pizzicandogli il mento e infine saggiando la pelle delle braccia, soddisfatto. Per la prima volta Steve vide i tatuaggi sulle mani di Sam nella luce bluastra e immaginò che coprissero le braccia e tutto il corpo, perché era l'Uomo Tatuato del luna park. Nella macchina silenziosa dove il viaggio era finito, Sam raccontò ai compagni sudati il resto della vicenda.

«Be', Steve ha convinto Lavinia a incontrarlo due volte alla settimana nella palude, altrimenti l'avrebbe denunciata. La ragazza sapeva che, essendo di colore, non avrebbe avuto speranze contro la parola di un uomo bianco. Così ieri le ci è voluto tutto il coraggio per fare quella passeggiata nella via principale della città, buttando in faccia a tutti, *e dico a tutti*, che quello era il bambino di Steve Nolan.»

«Certe donne bisognerebbe impiccarle.» Mack Brown si voltò e guardò gli uomini sul sedile posteriore.

«È andata proprio così, Mack,» lo rassicurò Sam «ma procediamo con ordine. Dopo essere andata in giro per la città a gridare brutte cose in faccia alla gente, si è fermata alla salumeria di Simpson, davanti al portico, sapete, dove gli uomini si siedono a parlare e dove c'è il barile dell'acqua piovana. Ha preso il bambino, l'ha spinto nell'acqua e lo ha tenuto sotto, guardando le bolle che salivano. Poi ha detto per l'ultima volta: "Questo è il figlio di Steve Nolan". Dopodiché se n'è andata da dove era venuta, senza niente in braccio.»

Ecco la storia.

Steve Nolan aspettava che gli sparassero; nella macchina ristagnava fumo di sigaretta.

«Io... io non c'entro con la sua impiccagione» disse infine.

«È stata impiccata?» chiese Mack.

Sam si strinse nelle spalle. «L'hanno trovata stamattina nella sua capanna vicino al fiume. Qualcuno dice che è stato suicidio, altri che l'assassino l'ha appesa dov'era per farlo sembrare un suicidio. Ora, Steve...» Sam lo toccò delicatamente sul petto. «Quale pensi che sia la versione giusta?»

«Si è impiccata!» urlò Steve.

«*Sst*, non così forte. Ti sentiamo, Steve.» Il tono era gentile.

«Possiamo immaginarlo, Steve» disse Bill Colum. «Ti sei infuriato parecchio, quando quella ha avuto il coraggio di chiamarti per nome e ha affogato il tuo bambino in Main Street. Per questo le hai dato il fatto suo e hai pensato che nessuno ti avrebbe punito.»

«Dovresti vergognarti.» Steve recitò all'improvviso il suo falso atto di coraggio. «Non sei un vero uomo del Sud, Sam Nash. Lasciami andare, dannazione.»

«Steve, voglio dirti una cosa» e con un gesto Sam gli strappò tutti i bottoni della camicia bianca. «Noi siamo un tipo speciale di uomini del Sud. Non ci piacciono quelli come te, anzi ti abbiamo tenuto d'occhio per parecchio tempo, e stasera abbiamo deciso che non ne potevamo più.» Gli strappò il resto della camicia di dosso.

«Volete frustarmi?» chiese Steve, guardandosi il petto nudo.

«No, abbiamo un'idea migliore.» Sam fece un cenno brusco con la testa. «Portatelo nel tendone.»

«No!» Ma lo tirarono fuori ugualmente e lo sospinsero in un tendone buio, dove accesero una luce. Le ombre oscillavano tutt'intorno mentre gli uomini lo legavano a un tavolo, sorridendo all'idea di quello che stavano per fare. Sopra di sé, Steve vide un'insegna: TATUAGGI DI OGNI SPECIE, OGNI COLORE! E cominciò a sentirsi male.

«Indovini quello che ti farò, Steve?» Sam si arrotolò le maniche, mostrando i lunghi serpenti rossi incisi sulle braccia pelose. Ci fu un tintinnare di strumenti, un gorgoglio di liquido che veniva mescolato. Le facce degli uomini si chinarono su Steve con benevolo interesse. Lui aprì e chiuse gli occhi: l'insegna TATUAGGI ondeggiò e si appannò nel calore del tendone. La vide di nuovo e questa volta non spostò lo sguardo. TATUAGGI, di ogni colore. TATUAGGI, di ogni colore.

«No!» gridò. «No!» Ma quelli strinsero le cinghie che gli legavano le gambe e tagliarono i pantaloni con un paio di cesoie. Adesso era nudo.

«Invece sì, Steve, sì.»

«Non potete farmi questo!»

Sapeva quello che volevano fargli e cominciò a urlare.

Senza scomporsi, persino gentilmente, Sam applicò una striscia di adesivo sulla bocca di Steve dopo che ebbe urlato: «Aiuto!».

Lui vide il lucente ago da tatuaggio in mano a Sam, che si chinò e riprese a parlare in tono serio e tranquillo, come se rivelasse un segreto a un bambino. «Steve, ecco cosa ti farò. Innanzitutto ti colorerò le braccia e le mani, nere. Poi passerò al resto del corpo, nero anche quello. Fatto questo passerò alle gambe e infine, amico mio, alla faccia. Nera. Sarà il nero più nero che ci sia, come l'inchiostro. Come la notte.»

«Mmm.» Steve mugolava sotto l'adesivo. L'urlo gli uscì dalle narici, soffocato; i polmoni e il cuore cercavano di emetterlo a tutti i costi.

«Quando avremo finito con te, stanotte,» aggiunse Sam «potrai andare a casa, dove avrai appena il tempo di fare le valigie e lasciare l'appartamento. Nessuno vorrà un negro in quella zona della città, e non importa come lo sarai diventato. Adesso non tremare, non ti farà troppo male. Posso immaginare che fine farai, esiliato nel quartiere negro. Vivrai da solo, perché il padrone di casa non ti vorrà, i suoi nuovi inquilini penserebbero che sei un negro che mente sul colore della pelle. I padroni di casa non rischiano la reputazione, quindi te ne andrai. Forse emigrerai al Nord, cercherai un lavoro. Non come quello che hai adesso, bigliettaio ferroviario, no. Magari facchino o lustrascarpe, eh, Steve?»

Di nuovo l'urlo. Dalle narici del prigioniero uscirono due schizzi di vomito, e Sam gridò: «Togliete quell'adesivo o affogherà!».

L'adesivo venne via e fece male.

Quando Steve ebbe finito di vomitare, sostituirono la striscia.

«È tardi.» Sam guardò l'orologio. «Sarà meglio cominciare, se vogliamo fare il lavoro.»

Gli uomini si curvarono sul tavolo, le facce bagnate di sudore. Si sentiva soltanto il ronzio dell'ago elettrico.

«Non sarebbe un bello scherzo» disse Sam che torreggiava su Steve, premendogli l'ago sul petto nudo mentre lo ricamava con l'inchiostro nero «se un giorno il nostro amico venisse ammazzato per stupro?» Agitò una mano. «Addio, Steve. Ci vediamo nel settore negro del tram!»

Le voci si attutirono. In fondo all'anima, quando Steve chiuse gli occhi, era come se piangesse. Poi sentì le voci che mormoravano nella notte estiva, vide Lavinia Walters che camminava in mezzo a una strada, nel passato, con un bambino in braccio e bolle che salivano nell'acqua, poi un corpo che pendeva da una trave; intanto l'ago gli incideva la carne, sempre e per sempre. Strinse gli occhi per combattere il panico, e all'improvviso si rese conto che solo due cose erano certe e sicure: il giorno dopo avrebbe comprato un paio di guanti bianchi per coprirsi le mani. E poi? Poi avrebbe rotto tutti gli specchi dell'appartamento.

Pianse per tutta la notte, lì sul tavolo.

Titolo originale: *The Transformation*

Sessantasei
2003

Sto per raccontarvi una storia che non crederete, ma ve la dirò lo stesso. È una specie di giallo e forse, contemporaneamente, un racconto di viaggi nel tempo. Adesso che ci penso c'è anche una vendetta, aggiungeteci un paio di fantasmi e avrete il risultato.

Quanto a me, sono un agente motociclista della polizia dell'Oklahoma su quella che una volta chiamavano Strada 66, nel tratto fra Kansas e Oklahoma City. Durante il mese scorso sono state fatte alcune scoperte molto strane, sulla strada da Kansas City all'Oklahoma.

Nei campi che costeggiano la strada trovai personalmente i cadaveri di un uomo, una donna, un uomo più giovane e due bambini. Era l'inizio di ottobre. I cadaveri erano distribuiti ad ampi intervalli su un'area di oltre centosessanta chilometri, eppure il modo in cui erano vestiti faceva pensare che fossero in qualche modo imparentati. Erano morti per strangolamento, o almeno così sembrava, anche se il fatto non è stato accertato. Non c'erano segni sui corpi, ma le tracce suggerivano che fossero stati ammazzati e abbandonati non lontano dalla strada.

Portavano vestiti che non appartenevano al giorno

d'oggi, all'anno in corso. Non era roba che si compra nei negozi, non più.

L'uomo sembrava un contadino e aveva vestiti da lavoro: pantaloni di tela, una camicia strappata e un cappello malconcio.

La donna sembrava uno spaventapasseri consumato dal tempo e affamato dalla vita.

Anche l'uomo più giovane era vestito da contadino, ma gli abiti parevano scampati a una marcia di ottocento chilometri fra tempeste di polvere.

I due piccoli, un bambino e una bambina sui dodici anni, avevano lo stesso aspetto di chi cade, esausto, dopo aver battuto le strade sotto la pioggia scrosciante e il sole che brucia la pelle.

Quando sento l'espressione "Dust Bowl", Conca di Polvere, mi tornano alla mente ricordi che non sono i miei. Mia madre e mio padre nacquero nei primi anni Venti e vissero la Grande Depressione, di cui ho sentito parlare tutta la vita. Noi popolazioni degli Stati centrali patimmo l'incubo di cui si è visto raccontare in tanti film: la polvere che soffia sulla terra a grandi ventate urlanti, distruggendo granai e decapitando i raccolti.

Ho sentito la storia e l'ho vista tante volte che mi sembra di averla vissuta personalmente: è una delle ragioni per cui il ritrovamento di quei corpi mi ha fatto tanta impressione.

A volte mi svegliavo alle tre del mattino, mi accorgevo di avere pianto e non sapevo perché. Sedevo in mezzo al letto e mi rendevo conto di aver sognato i corpi seminati lungo la strada da Kansas City al confine dell'Oklahoma.

Allora mi alzavo e cominciavo a frugare tra i vecchi

libri che mi avevano lasciato i miei. Lì trovai le fotografie degli Okie,[1] migranti che si spostavano all'Ovest in massa e che Steinbeck ha immortalato in *Furore*. Più guardavo le foto, più sentivo il bisogno di piangere. Ero costretto a posare i libri e a tornarmene a letto, ma rimanevo sveglio a lungo, con le lacrime sulle guance, e mi addormentavo solo quando al mattino si alzava il sole.

Ho preferito raccontarvi tutto nei particolari, perché è una cosa che mi ha fatto soffrire parecchio.

Trovai il cadavere dell'uomo più anziano in un campo di granturco deserto, allungato in un fosso, i vestiti scottati dal sole e incartapecoriti come dalla siccità. Chiamato il coroner della contea, continuammo le ricerche con la strana sensazione che avremmo rinvenuto altri corpi. Perché pensassi una cosa del genere, resta un gran mistero.

La donna era cinquanta chilometri più avanti, sotto un canale, e anche lei non presentava tracce di violenza, ma sembrava morta per effetto di un fulmine che l'avesse colpita nel cuore della notte.

Ottanta chilometri oltre giacevano i cadaveri dei due bambini e dell'uomo giovane.

Quando li riunimmo nell'ufficio del coroner, come i pezzi di un puzzle, li guardammo con un terribile senso di perdita, anche se non li conoscevamo personalmente. Avevamo la sensazione di averli già incontrati e piangemmo la loro morte.

Il caso rischiava di rimanere un terribile mistero, per

[1] Vedi la nota a p. 13. (*NdT*)

sempre. Alcune settimane dopo, mentre un pomeriggio aspettavo che il barbiere mi tagliasse i capelli, mi capitò tra le mani una vecchia rivista presa dal mucchio. Aprendola, mi trovai davanti una pagina di fotografie che mi fecero sobbalzare, poi gettai la rivista contro la parete, la raccolsi di nuovo e gridai, a nessuno in particolare: «Dannazione! Oh, Gesù, dannazione!».

Stringendo la rivista fra le mani, mi precipitai fuori.

Dio mio, le fotografie degli Okie nella rivista mostravano le stesse persone che avevo trovato sulla strada!

Poi, guardando meglio, lessi che si trattava di foto scattate da poche settimane a gente che era semplicemente travestita da Okie, a New York.

I vestiti erano nuovi, ma li avevano impolverati e invecchiati artificialmente, e se volevi comprarli potevi andare in un grande magazzino e pagare i "vecchi" capi a prezzi di oggi, immaginando di essere tornato indietro di sessant'anni.

Non so cosa sia successo poi. Credo che mi abbia preso un attacco di rabbia accecante e sentii qualcuno gridare, ma ero io. «Maledizione! Oddio!»

Appallottolai la rivista, guardando la mia moto.

La sera era fredda, ma sentivo di dover andare da qualche parte. Balzato in sella corsi a lungo nel tempo autunnale, fermandomi ogni tanto. Non sapevo dove mi trovassi e non m'importava.

Ora vi dirò un'altra cosa che non crederete, ma quando avrò finito forse sì.

Vi siete mai trovati in una grossa tempesta di vento, una di quelle che soffiavano dal Kansas all'Oklahoma ai tempi della Conca di Polvere? Anche a guardare le foto e a ripeterne il nome, non c'è verso di immaginare quello che provava chi era sul posto e non riusciva più a vedere l'orizzonte, senza sapere che ora fosse. Il vento soffiava così forte che abbatteva le fattorie, strappava i tetti, rovesciava i mulini. Un sacco di strade dissestate, niente più che fangaie rossicce, furono rese impraticabili per sempre.

Insomma, in mezzo a una tempesta del genere ci si perde, la polvere brucia gli occhi e ottura le orecchie, si dimentica che giorno o che anno è, di fronte all'angosciosa prospettiva di qualcosa di spaventoso; poi si capisce che magari spaventoso non è, ma incombe.

Il vento soffiava in quel modo, e quando mi arrivò addosso ero per strada, sulla moto. Dovetti frenare, perché non vedevo più niente. Intanto il sole tramontava dietro la tempesta e le raffiche ululavano, tanto che per la prima volta ebbi paura. Non so di cosa, ma aspettavo sulla moto, e dopo un pezzo il vento cominciò a calare, finché vidi all'orizzonte, verso est, una vecchia carretta che avanzava con gran lentezza sulla Strada 66. Era una decappottabile con un mucchio di pacchi sul retro, un serbatoio dell'acqua da un lato, il vapore che usciva dal radiatore e il parabrezza così incrostato di sporcizia che il guidatore doveva alzarsi a metà per vedere la strada.

La macchina si avvicinò sputacchiando, come se la benzina stesse per finire del tutto. L'uomo al volante mi guardò e io guardai lui. Era alto anche seduto, aveva la faccia ossuta e stringeva il volante con le mani adunche. In testa portava un cappello malconcio e sulle gote una barba di tre giorni. Dagli occhi si poteva credere che avesse passato tutta la vita nella tempesta notturna.

Aspettava che fossi il primo a parlare.

Scesi dalla moto e mi avvicinai a piedi. «Si è perduto?»

Quello mi guardò con occhi grigi e fermi. La testa non si muoveva, la bocca sì. «Non questa volta. Siamo nella Conca di Polvere?»

Feci un passo indietro e dissi: «Non sentivo più quel nome da quando ero bambino. Comunque, è questa».

«E siamo sulla Strada 66?»

Annuii.

«Lo immaginavo» fece lui. «Be', se continuo ad andare dritto arriverò dove voglio arrivare?»

«E dove sarebbe?»

Guardando la mia uniforme perse un po' di baldanza. «Un posto di polizia, penso.»

«Perché?» dissi.

«Perché» rispose «vorrei costituirmi.»

«Allora può consegnarsi a me. Il motivo?»

«Il fatto è» disse «che penso di avere ammazzato certa gente.»

Guardai la strada alle sue spalle, dove la polvere cominciava a posarsi. «Laggiù?» chiesi.

Lui guardò indietro e annuì molto lentamente. «Sì, laggiù.» Il vento si alzò di nuovo, la polvere era fitta.

«Quanto tempo fa?» dissi.

Lui chiuse gli occhi. «Nelle ultime settimane.»

«Gente ammazzata?» chiesi. «Quanta?»

Il guidatore aprì gli occhi e le ciglia fremettero. «Quattro, no, cinque. Sì, cinque persone che adesso sono morte. Un bel casino. Che faccio, mi consegno a lei?»

Esitai, perché c'era qualcosa che non quadrava. «È troppo facile. Deve raccontarmi di più.»

«Be',» ricominciò lui «non so come dirglielo, ma guido su questa strada da molto tempo. Anni, direi.»

A me sembrava plausibile: guidava da anni.

«E poi?» dissi.

«Quelle persone si sono intromesse. Uno somigliava a mio padre, un'altra a mia madre quando era molto giovane, e il terzo era uguale a mio fratello, che è morto tanto tempo fa. Avevo un altro fratello e una sorella, ho rivisto anche loro. Era maledettamente strano.»

«Cinque persone?» chiesi. Tornai con la mente ai giorni precedenti, quando avevo trovato i cinque cadaveri fra Kansas City e l'Oklahoma. «Cinque?»

Lui annuì. «Infatti.»

«Be',» dissi «che avevano fatto? Perché avrebbe dovuto ucciderli?»

«Erano sulla strada» rispose. «Non so come ci sono arrivati, ma dal modo come vestivano e dall'aspetto che avevano, ho capito che c'era qualcosa che non andava, così ho dovuto sistemarli a uno a uno, fermarli per sempre. Ho dovuto farlo.» Guardò le mani che stringeva sul volante, spasmodicamente.

«Volevano un passaggio?» chiesi.

«Non proprio» disse lui. «Qualcosa di peggio, perché chi fa l'autostop è a posto, va da qualche parte. Invece quelli erano solo intrusi. Cavallette che si contendono l'ultimo lembo di terra, delinquenti, ladri di qualche tipo. Difficile dirlo.» Tornò a fissare la strada su cui la polvere si risollevava un po'.

«Le è mai capitato di uscire dalla chiesa, di domenica, sentendosi pulito e come se avesse una seconda occasione per non so che, di essere rinato in mezzo alla gente che sembra felice fino alla gioia, e a un tratto, a mezzogiorno, vedere avanzare dall'altra parte della città tutt'altro tipo di persone, in macchina e vestite di nero, capacissime di deprimerti al solo vederle, voglio dire di affossare ogni felicità con un sorriso diabolico, mentre tu e quelli come te sentite la gioia sciogliersi al sole come ghiaccio in primavera, e quando vedono di essere riusciti ad affossarla se ne vanno per dedicarsi alla loro macabra impresa in qualche altro posto?»

Il guidatore si arrestò, tirò le somme dietro le palpebre abbassate e si permise un respiro. «Non è una specie di, non so, una specie di...» Cercò e trovò la parola. «Blasfemia?»

Ci pensai e dissi: «La parola giusta».

«Noi non facevamo niente, ce ne stavamo buoni, rinati dopo la messa, e quelli venivano ad affossarci.»

«Blasfemia» ripetei.

«Avevo solo dieci anni, ma per la prima volta in vita mia ho desiderato prendere un rastrello e strappargli quei sorrisi dalla faccia. Perché ti lasciano nudo, ti hanno rubato il meglio della domenica. Non pensa che avessi tutte le ragioni di dire andate via, passate la mano, prendo io quella giacca, i pantaloni e anche il cappello, sì, il cappello?»

«Cinque persone» contai. «Un uomo maturo, una donna, un uomo più giovane e due bambini. Mi sembra familiare.»

«Allora sa di cosa sto parlando. Portavano quei vestiti buffi, sembravano usciti dalla Conca di Polvere dopo esserci rimasti un bel pezzo e magari aver dormito all'aperto quando soffia il vento, finché la polvere aveva impregnato i vestiti e scavato le facce, tanto che li ho guardati a uno a uno e ho detto all'uomo più anziano: "Non sei il mio pa'". Quello non ha risposto, allora ho guardato la donna e ho detto "Tu non sei la mamma", e non ha risposto neanche lei. Allora ho guardato mio fratello e i due fratelli più piccoli, dicendo: "Non vi riconosco. Sembrate quelli giusti, ma siete sbagliati. Cosa fate su questa strada?". Be', non dicevano niente. Si vergognavano, credo, ma non si toglievano dalla strada. Erano proprio davanti alla macchina, e sapevo che se non avessi fatto qualcosa non mi avrebbero lasciato arrivare a Oklahoma City. Allora sa cosa ho deciso?»

«Di fermarli» risposi.

«*Fermarli* è la parola giusta. Ma prima prendigli i vestiti, ho pensato, non li meritano. Togligli la pelle, perché non meritano di somigliare a mia madre, a mio padre o ai miei fratelli. Allora ho spinto la macchina in avanti, ma quelli non si muovevano e non parlavano perché si vergognavano, e il vento è tornato ad alzarsi, finché ho dato gas alla macchina. Mentre avanzavo, sono caduti davanti a me e io ho continuato a guidare dritto per la mia strada, e quando mi sono voltato speravo che l'urto con il fondo della macchina avesse strappato via i vestiti, ma niente, erano ancora come prima, cosa che non meritavano, ed erano sdraiati sulla strada senza che potessi stabilire se erano morti, anche se me lo auguravo. Sono sceso e sono andato a raccoglierli a uno a uno, li ho ammucchiati sul retro e ho continuato per la mia strada mentre la polvere si alzava di nuovo, e li ho seminati uno qua uno là, che ormai non somigliavano più alla mia famiglia. È una strana storia, non crede?»

«È strana» ammisi.

«E allora, ecco fatto. Ho vuotato il sacco. Mi porta dentro?»

Lo guardai in faccia e guardai la strada e pensai ai cadaveri nell'ufficio del coroner a Topeka. «Ci penserò» dissi.

«Come sarebbe?» scattò lui. «Ho detto tutto, sono colpevole. Li ho stecchiti.»

Prendevo tempo. Il vento e la polvere aumentavano ancora. Dissi: «No. È strano, ma non penso che lei sia colpevole. Non so perché, so soltanto che non lo penso».

«Be', si fa tardi» disse il guidatore. «Vuole vedere un documento?»

«Se me lo vuole mostrare» risposi.

Pescò dalla tasca un portafoglio sciupato e me lo porse. Non c'era la patente, solo un vecchio pezzo di carta con un nome che non riuscii a leggere bene, ma che sembrava familiare, come ritagliato da un giornale di molto tempo prima che nascessi. Sentii un brivido salirmi dal collo e chiesi: «Andava in cerca di qualcosa?».

«Non lo so» rispose. «Però mi sento meglio di quando il viaggio è cominciato. Cosa c'è in fondo alla strada?»

«Il solito» dissi. «La California, cartoline, arance, limoni, forse campi organizzati dal governo, quartieri con piccoli bungalow.» Gli restituii il pezzo di carta e il portafoglio. «C'è un posto di polizia a sedici o diciassette chilometri, vada là, e se pensa ancora di doversi costituire lo faccia. Io però non sono il suo uomo.»

«Com'è possibile?» chiese con uno sguardo fermo e tranquillo negli occhi grigi.

«Tutto quello che so è che a volte la gente non merita di portare i vestiti che ha addosso, né la faccia che si ritrova. Certa gente» conclusi «intralcia la strada.»

«Io guidavo piano» disse.

«E quelli non si muovevano.»

«Giusto» ribatté. «Gli sono passato sopra e questo è tutto. Poi mi sono sentito bene. Ma ora è meglio che mi avvii.»

Mi scansai e la macchina si rimise in moto. Arrivò in fondo alla strada con il guidatore aggobbito sul volante, le mani contratte sullo sterzo e la polvere che lo seguiva mentre rimpiccioliva nelle ombre.

Restai a guardarlo per altri cinque minuti, fin quando scomparve. Il vento si era alzato con forza e la polvere mi riempiva gli occhi. Non sapevo dove mi trovassi e se stessi piangendo. Tornai alla motocicletta, salii in sella, diedi gas e puntai nella direzione da cui ero venuto.

Titolo originale: *Sixty-Six*

Una questione di gusto
1952

Quando la nave d'argento scese fra noi, ero vicino al cielo. Scivolai tra gli alberi sul grande ordito mattutino e gli amici mi seguirono; i nostri giorni erano sempre gli stessi, sempre buoni, ed eravamo felici. Fummo dunque lieti di vedere il vascello d'argento che planava dallo spazio, perché significava un nuovo e non irragionevole cambiamento nell'arazzo: sentimmo che lo avremmo adattato alla tessitura, proprio come avevamo fatto e disfatto i cambiamenti per un milione d'anni.

Siamo una razza saggia e antica. A un certo punto prendemmo in considerazione l'idea del viaggio nello spazio e ci rinunciammo, perché sarebbe equivalso a lacerare il perfezionamento di cui siamo alla ricerca nella vita come si lacera una tela in mezzo alla tempesta, e avremmo dovuto abbandonare un sistema filosofico vecchio di centomila anni proprio quando stava per dare il frutto più dolce e maturo. Decidemmo di restare sul nostro mondo di piogge e di giungle e vivere pacificamente, a modo nostro.

Ma lo scafo d'argento venuto dal cielo ci trasmise il desiderio di semplici avventure: gli abitanti di un altro mondo erano appena arrivati fra noi e avevano scelto un percorso diametralmente opposto. Dicono che la notte abbia molto da insegnare al giorno, e il sole, aggiungono, accende la luna. Per questo scivolai felice verso lo spiazzo nella foresta dove si era posato il mezzo d'argento, e i miei amici fecero altrettanto, come in un bel sogno.

Devo descrivere quel pomeriggio: le grandi città dell'ordito scintillavano di pioggia recente, gli alberi erano freschi, il sole brillante. Avevo condiviso un pranzo particolarmente succulento, bevuto il nettare dell'ape ronzante della foresta, sicché un caldo languore temperava la mia eccitazione, rendendola più piacevole.

Ma un fatto curioso: mentre noi tutti, saremo stati un migliaio, ci stringevamo intorno allo scafo in atteggiamento e disposizione amichevole, dalla nave non venne alcuna dimostrazione e rimase inaccessibile. I portelli non si aprirono; a un tratto mi sembrò di scorgere delle creature a uno degli oblò superiori, ma può darsi che mi sbagliassi.

«Per qualche ragione,» dissi agli amici «gli abitanti di quel magnifico scafo non vogliono venir fuori.»

Discutemmo la faccenda e decidemmo che forse – il modo di ragionare di animali provenienti da un altro mondo poteva allontanarsi dal nostro – essi avevano l'impressione di essere troppo pochi rispetto a un comitato di accoglienza così numeroso. Non era un'ipotesi molto convincente, ma trasmisi agli altri il mio sentimento e in meno di un secondo la giungla tremò, le grandi tessiture color dell'oro fremettero e rimasi solo vicino alla nave.

In un soffio avanzai verso il portello e dissi ad alta voce: «Vi diamo il benvenuto nelle nostre terre e città».

Osservai con piacere che un macchinario ronzava nella nave. Dopo un minuto il portello si aprì.

Nessuno apparve.

Salutai nel tono più amichevole.

Ignorandomi, gli occupanti del mezzo avevano cominciato a parlare fra loro. Naturalmente non capii una parola, perché la lingua era straniera, ma la sostanza era di stupore misto a un po' di rabbia e a una tremenda, e per me incomprensibile, sensazione di paura.

Ho una memoria perfetta. Ricordo la conversazione che non significava niente e ancora non significa nulla, per me. Risento le parole con la mente, ora come allora. Devo solo sceglierle e trasmetterle a voi.

«Esci tu, Freeman!»

«No, tu!»

Seguirono un ronzio di indecisione, un misto di apprensioni. Ero sul punto di ripetere il mio amichevole invito quando una sola creatura uscì cautamente dalla nave e mi guardò.

Stranissimo. La creatura tremava di paura mortale.

Immediatamente provai un moto di simpatia. Non capivo il perché di un panico così insensato, dal momento che io sono un individuo mite e onorevole. Non avevo sentimenti malevoli nei confronti dei visitatori e, anzi, il macchinario della malevolenza si è arrugginito da parecchio tempo su questo mondo. Eppure la creatura puntava su di me quella che sapevo essere un'arma metallica. Tremava, e il pensiero di uccidermi era nella sua mente.

Cercai subito di calmarla.

«Sono tuo amico» dissi, e ripetei il concetto in forma mentale, come un'emozione. Posi nel messaggio calore, amore e la promessa di una lunga vita felice, proiettando il tutto nel visitatore.

Se non aveva capito le parole della lingua parlata, alla telepatia rispose con un vistoso cambiamento. Si rilassò.

«Bene» la sentii dire. La parola è questa, ricordo perfettamente. Non significa niente, ma la mente della creatura esprimeva un maggior calore, e dopotutto il termine era soltanto un simbolo.

Qui mi scuserete se descrivo il mio ospite.

Era piuttosto piccolo, direi un metro e ottanta, con una testa su un corto peduncolo e solo quattro membra, due delle quali gli servivano per camminare mentre le altre due non erano mezzi di locomozione, ma potevano reggere cose o fare gesti. Con un senso di divertimento notai la mancanza di un gruppo di membra supplementari, le stesse che a noi sono così utili e necessarie. Eppure la creatura sembrava perfettamente a suo agio nel proprio corpo, così l'accettai come essa si accettava.

Era pallida, quasi senza peli e con lineamenti dalla squisitezza particolare, specialmente la bocca; gli occhi erano incassati e artistici in modo sorprendente, color del mare a mezzogiorno. Nel complesso faceva uno strano effetto e, come curiosità, come nuova avventura prometteva esperienze appassionanti. Era una sfida al mio gusto, alla mia filosofia.

Mi adattai immediatamente al nuovo amico e inviai pensieri come questi:

«Siamo tutti vostri padri e vostri figli. Vi invitiamo nelle grandi città arboree, a prendere parte alla vita-cattedrale, ai nostri pacifici costumi e pensieri. Fra noi vi muoverete in pace. Non abbiate timore.»

Sentii che diceva a voce alta: «Dio santo, un mostro! Un ragno alto due metri!».

Fu colto allora da una specie di frenesia, di parossismo. Tremò con violenza e dalla bocca emise un fluido.

Provai compassione, pietà e tristezza; qualcosa aveva fatto star male la povera creatura. Cadde riversa, con la faccia bianca che adesso sembrava ancora più pallida. Ansimava e tremava.

Le andai incontro per dare aiuto, ma la mia velocità deve aver allarmato quelli della nave, perché mentre raccoglievo la creatura per assisterla, il portello interno della nave fu spalancato. Esseri simili al mio amico balzarono fuori, urlando confusi e spaventati, le armi d'argento in pugno.

«Ha preso Freeman!»

«Non sparare, idiota, colpirai Freeman!»

«Attenti!»

«Dio mio!»

Le parole avevano quel suono e ancora adesso rimangono un mistero, ma io le ricordo ed ero in grado di percepire la paura dietro ogni sillaba. Bruciava l'atmosfera, bruciava il mio cervello.

Ho una mente che reagisce con prontezza. In un attimo balzai avanti, depositai la creatura dove i suoi compagni avrebbero potuto facilmente raggiungerla e mi ritirai dalla loro vicinanza, proiettando pensieri tranquillizzanti: «Vi restituisco il mio amico. Siete tutti miei amici. Va tutto bene. Aiuterò lui e voi, se potrò. Il vostro compagno sta male, curatelo con premura».

Erano stupiti. Mi fronteggiavano in preda a una specie di shock, ma riuscirono a nascondere il compagno nella nave e continuarono a guardarmi. Trasmisi impulsi di amicizia come un caldo vento di mare. Sorrisi.

Dopo un poco tornai alla città dell'ordito splendente, la nostra buona città sugli alberi svettanti e a poca distanza dal sole, nel cielo limpido. Cominciava a cadere la nuova pioggia, e quando raggiunsi il nido dei miei figli e dei figli dei miei figli, dal basso mi arrivò il suono delle loro parole. Vidi le creature raggruppate intorno al portello della nave, da dove mi fissavano. Le parole suonavano così:

«Sono amichevoli, santo cielo. Ragni amichevoli.»

«Come può essere?»

Poiché mi sentivo bene, cominciai il nuovo ordito di questa narrazione, appendendo alla tela dorata frutti selvatici di lime, arance e prugne. L'intreccio era meraviglioso.

Passò una notte. Vennero le piogge fresche, lavarono le città ornandole di puri gioielli. Dissi ai miei amici: lasciate perdere la nave spaziale, che le creature si abituino al nostro mondo; alla fine troveranno il coraggio di esplorarlo e saremo amici. I loro timori scompariranno come devono scomparire tutti i timori, grazie all'amore e all'amicizia. Le nostre culture hanno molto da imparare l'una dall'altra: loro, giovani e audaci costruttori di semi metallici che li trasportano nello spazio, e noi, tanto vecchi ed equilibrati, appesi alle nostre dimore notturne, capaci di apprezzare la pioggia che ci bagna con benevolenza. Insegneremo loro la filosofia dei venti e delle stelle, come crescono le piante e come si gode il cielo quando è caldo e azzurro, a mezzogiorno. Vorranno sicuramente sapere queste cose. A loro volta ci ravviveranno con i racconti del pianeta da cui vengono, forse delle loro guerre e conflitti, per ricordarci il passato da cui noi, grazie al buon senso, ci siamo liberati gettando a mare i giocattoli malefici. Per il momento, amici, lasciamoli a se stessi, portiamo pazienza. Pochi giorni e tutto andrà meglio.

Era molto interessante. Per una settimana regnò sulla nave un'atmosfera di confusione e terrore. Dai nostri comodi nidi sugli alberi, vicino al cielo, di tanto in tanto li vedevamo scrutarci. Proiettai la mente nella nave e percepii le parole, incapace di decifrarne il significato ma ricavandone comunque il senso emotivo.

«Ragni, Dio mio!»

«E grandissimi. È il tuo turno, Negley, devi uscire.»

«No, io no.»

Nel pomeriggio del settimo giorno un'altra creatura si avventurò, sola e disarmata, fuori dello scafo, chiamandomi nel cielo. Io risposi e proiettai tutta la mia amicizia, con calore e buon intento. In un attimo la grande città ingemmata era alle mie spalle, vibrante nel sole. Mi trovavo faccia a faccia con il visitatore.

Avrei dovuto immaginarlo: non resse e scappò.

Io mi tenni vicino e continuai a diffondere i miei pensieri migliori e più gentili. L'essere si calmò e tornò sui suoi passi. Capivo che avevano fatto una specie di gioco della sorte, un concorso del coraggio, e che lui era stato scelto per uscire.

«Non tremare» pensai.

«No» rispose mentalmente, nella mia lingua.

Questa volta fui io a essere sorpreso, e rallegrato.

«Ho imparato a parlare come voi» proseguì ad alta voce, lentamente, roteando gli occhi per l'ansia e con labbra incerte. «Grazie alle macchine, durante la settimana. Siete amichevoli, vero?»

«Certo.» Mi accovacciai in modo da essere alla sua altezza e da poterlo guardare negli occhi. Eravamo a un paio di metri di distanza. Lui era tentato continuamente di scappare, io sorridevo. «Cosa temi? Non me, spero.»

«Oh, no, no» disse frettolosamente.

Percepivo il tamburo del suo cuore, un tonfo, un mormorio che si diffondeva tutto intorno, profondo e veloce.

Non sapeva che potevo leggere la sua mente e pensò, usando la nostra lingua: «Tanto, se mi ammazza, per la nave non farà molta differenza un uomo in meno. Meglio perderne uno che molti».

«Ammazzarti!» gridai, sconvolto a quel pensiero, ma anche sorpreso e divertito. «Su questo mondo nessuno è stato ammazzato da centomila anni. Ti prego di dimenticare quell'idea, saremo amici.»

La creatura deglutì. «Vi abbiamo osservato con i nostri strumenti. Macchine della telepatia e altre misurazioni» affermò. «Avete una civiltà, qui?»

«Come puoi vedere» risposi.

«Il vostro QI ci ha sorpresi» disse. «Da quello che vediamo, è superiore a duecento.»

L'espressione era leggermente ambigua, ma alle mie orecchie suonò con perfetto umorismo. Feci un largo sorriso di gioia e di piacere. «È vero» dissi.

«Io sono l'aiuto del comandante» affermò la creatura, sforzandosi di fare quello che doveva essere il loro sorriso. La differenza, osservai, era che la bocca si allungava orizzontalmente invece che verticalmente, come in noi cittadini degli alberi.

«Dov'è il comandante?» chiesi.

«È malato» fu la risposta. «Sta male dal giorno in cui siamo arrivati.»

«Mi piacerebbe incontrarlo» dissi.

«Temo che non sia possibile.»

«Mi dispiace» affermai. Proiettai la mente nella nave e trovai il comandante, steso su un lettino, che borbottava. Molto malato, in effetti. Ogni tanto urlava, poi chiuse gli occhi ed ebbe una specie di visione portata dalla febbre. «Oh, Dio, Dio» continuava a dire nella sua lingua.

«Il comandante ha paura di qualcosa?» chiesi educatamente.

«No, no, no» rispose l'assistente, in tono nervoso. «È solo che sta male. Abbiamo dovuto eleggere un altro comandante, che uscirà più tardi.» Si allontanò un poco. «Be', ci vediamo.»

«Domani ti farò da guida nella nostra città» dissi. «Siete tutti benvenuti.»

Durante la conversazione, e anche adesso, la creatura aveva continuato a tremare in modo orribile. Paura, paura.

«Anche tu sei malato?» chiesi.

«No, no» rispose, poi mi diede la schiena e scappò verso la nave.

Quando fu dentro, mi accorsi che stava molto male.

Tornai alla nostra città celeste, in mezzo agli alberi, più perplesso e dispiaciuto che mai. «Che strani visitatori» dissi. «E come sono nervosi!»

Al crepuscolo, mentre continuavo il lavoro sul mio

arazzo di arance e prugne, sentii una parola echeggiare nell'aria.

«Ragni!»

Me ne dimenticai, perché era tempo di tornare ai piani alti della città e aspettare il primo vento che si alza dal mare la sera, goderne in pace in mezzo agli amici e assaporare il profumo e la bontà delle cose notturne.

Nel cuore della notte dissi alla madre dei miei bei figli: «Cos'hanno? Perché sono spaventati? Cosa c'è da temere? Io non ti sembro una creatura buona, di elevata intelligenza e carattere amichevole?». La risposta fu sì. «Allora perché tremano, perché si sentono male e hanno attacchi così violenti?»

«Forse la risposta è nel loro aspetto» disse mia moglie. «A me sembrano strani.»

«Concesso.»

«E bizzarri.»

«Sì, naturalmente.»

«Anche un po' spaventosi, almeno di fuori. Guardandoli, mi sento poco a mio agio. Sono così diversi.»

«Rifletti, usa l'intelligenza e vedrai che i pensieri poco piacevoli spariranno» dissi. «È una questione di estetica: noi siamo abituati al nostro aspetto. Abbiamo otto gambe e loro soltanto quattro, due delle quali non servono affatto a camminare. Tutto strano, curioso e lì per lì inquietante, ma io mi sono riequilibrato presto, usando la ragione. La nostra estetica è flessibile.»

«Forse la loro no. Forse non gli piace il nostro aspetto.»

Scoppiai a ridere. «Cosa? Essere spaventati dal mero aspetto esteriore? Sciocchezze.»

«Hai ragione, certo. Deve trattarsi di qualcos'altro.»
«Vorrei saperlo» dissi. «Vorrei saperlo per metterli a loro agio.»
«Non ci pensare» disse mia moglie. «Si è alzato il nuovo vento. Ascolta, *ascolta*.»

Il giorno dopo portai il nuovo comandante a visitare la nostra città. Parlammo per ore e i nostri pensieri entrarono in contatto. Era un medico della mente, una creatura molto intelligente. Meno intelligente di noi, certo, ma non è una cosa su cui bisogna avere pregiudizi. Scoprii che era un individuo dotato di umorismo, buon umore, una cultura notevole e davvero pochi preconcetti. Eppure per tutto il pomeriggio, mentre attraversavamo la città ancorata al cielo, percepii il tremito profondo che lo accompagnava e che non cessava mai del tutto.
Ma ero troppo educato per accennarvi ancora.
Ogni tanto il nuovo comandante inghiottiva delle tavolette.
«Cosa sono?» chiesi.
«Per i nervi» rispose, in fretta. «Nient'altro.»
Lo accompagnai dovunque, e ogni volta che era possibile lo facevo riposare sul ramo di un albero. Quando veniva il momento di riprendere il cammino, se lo sfioravo si ritraeva istintivamente e faceva un'espressione orribile a vedersi.
«Ma siamo amici, no?» gli domandai preoccupato.
«Sì, amici. Cosa?» Sembrava che mi sentisse per la prima volta. «Certo, amici. Siete una razza magnifica e questa è una splendida città.»
Parlammo di arte e bellezza, del tempo, della pioggia

e della città. Lui teneva gli occhi chiusi e nel complesso ce la cavammo bene. Poi mentre parlavamo si eccitò e cominciò a ridere, complimentandosi per la mia arguzia e intelligenza. È strano, ma adesso ricordo che abbiamo trascorso i momenti migliori quando guardavo il cielo e non lui direttamente. È un'osservazione che mi lascia perplesso: lui teneva gli occhi chiusi e parlava della mente, della storia, di vecchie guerre e problemi, e io rispondevo in fretta.

Solo quando mi guardò di nuovo il suo tono cambiò, raffreddandosi immediatamente. Provai un moto di tristezza, e anche lui, perché richiuse gli occhi e si rimise a parlare, dopodiché il nostro buon rapporto fu ristabilito. Anche il suo tremito scomparve.

«Sì,» disse senza vedere «siamo ottimi amici davvero.»

«Sono lieto di sentirtelo dire» replicai.

Lo riaccompagnai alla nave e ci augurammo la buonanotte, ma lui aveva ricominciato a tremare, e quando scomparve all'interno non riuscì a mangiare il pasto della sera. Lo sapevo, perché la mia mente era là. Tornai dalla famiglia, eccitato per la giornata vissuta in maniera intelligente, ma tinta di una tristezza che non avevo mai provato.

Il mio racconto è quasi finito. La nave rimase fra noi un'altra settimana e incontrai il comandante ogni giorno. Facemmo magnifiche chiacchierate, lui sempre con la faccia girata o gli occhi chiusi. I nostri mondi sarebbero andati d'accordo, mi disse. Io assentii. Tutto sarebbe avvenuto nel miglior spirito di amicizia. Accompagnai in città altri membri dell'equipaggio, ma alcuni si mostrarono così turbati, per una ragione o per l'altra, che dovetti riportarli alla nave in stato di shock, cosa della quale mi scusai. Avevano tutti un'aria deperita rispetto a quando erano sbarcati. Di notte avevano gli incubi e più tardi quelle visioni mi raggiungevano nel buio, come avvolte da una nebbia calda.

Ricordo una conversazione fra i membri dell'equipaggio che colsi mentalmente l'ultima notte. È grazie alla mia memoria perfetta che posso annotare meccanicamente quelle parole senza significato, ma che un giorno, forse, diranno qualcosa ai miei discendenti. È probabile che io non stia bene, e per un motivo o per l'altro stasera mi sento a disagio. Ci sono ancora pensieri di terrore e morte, nella nave laggiù. Non so cosa porterà il domani, ma non credo che le creature ci vogliano male, e lo dico nonostante il loro modo di ragionare tormentato e confuso. Ho inserito nell'arazzo quell'ultima conversazione nel caso avvenisse un implausibile incidente. Nasconderò la mia tela in un tumulo nella foresta, per la posterità. La conversazione si svolse in questo modo.

«Cosa faremo, comandante?»

«Sul conto di quelli? Di quei...»

«Ragni, sì, ragni. Cosa faremo?»

«Non lo so, eppure Dio mi è testimone che ho cercato di decidere. Sono amichevoli, hanno una bella intelligenza, sono *buoni*. Non fanno macchinazioni contro di noi, e sono certo che se volessimo trasferirci qui, sfruttare i loro minerali, navigare sui mari, volare nei loro cieli, ci accoglierebbero con amore e carità.»

«Siamo tutti d'accordo, comandante.»

«Ma quando penso a portare mia moglie e i miei bambini in questo posto...»

Un brivido.

«Non funzionerebbe.»

«No, mai.»

Ancora il tremito, la paura.

«Non ho il coraggio di uscire, domani. Non posso sopportare la vicinanza di quelle creature nemmeno per un altro giorno.»

«Ricordo che, quando ero ragazzo, nel granaio c'era un ragno...»

«Gesù.»

«Adesso però siamo uomini forti, cresciuti. Non abbiamo un po' di fegato? Siamo diventati codardi?»

«La ragione non è questa. È un problema d'istinto, di estetica, chiamatela come volete. Tu, avrai la forza di andar fuori domani e incontrare il Grosso, quel coso enorme tutto peloso e con otto zampe, per non parlare di quanto è alto?»

«No!»

«Il vecchio comandante è sempre sotto shock. Nessuno di noi riesce a mangiare. E se noi siamo così scossi, che ne sarebbe delle nostre mogli, dei nostri bambini?»

«Eppure sono buoni, sono gentili. Sono anche generosi, tutte cose che noi non saremo mai. Amano tutti e amano noi, ci offrono aiuto e ci invitano a frequentarli.»

«Cosa che dovremmo fare per molte buone ragioni, economiche e di altro tipo.»

«Sono nostri amici!»

«Oddio, sì.»

Paura, paura, paura.

«Ma non funzionerà. Quelli non sono *umani*.»

Nel cielo serale lavoro al mio arazzo quasi finito. Aspetto con ansia l'indomani, quando il comandante verrà e parleremo di nuovo. Aspetto con ansia la venuta di tutti loro, creature confuse e così spesso allarmate, ma che impareranno col tempo ad amare e a essere amate, vivendo con noi da buoni amici. Domani, spero, il comandante e io parleremo di pioggia e del cielo, dei fiori e di quello che avviene quando due creature si capiscono. L'arazzo è finito e voglio chiuderlo con un'altra citazione nella loro lingua, voci di uomini sulla nave, voci che arrivano fino a me nel vento azzurro della sera. Mi sembrano più calme e disposte ad accettare le circostanze, non più spaventate. Ecco il finale dell'arazzo.

«Allora ha deciso, comandante?»

«C'è una sola cosa da fare, signori.»

«Sì, una sola.»

«Ma non è velenoso!» disse la moglie.

«Senti...» Il marito saltò su, sollevò un piede e lo abbassò tre volte, schiacciando qualcosa sul tappeto.

Rabbrividì e guardò la macchia umida sul pavimento.

Adesso non aveva più paura.

Titolo originale: *A Matter of Taste*

I Get the Blues When It Rains

(Un ricordo)
1980

Nella vita di ognuno c'è sempre una serata che resta nella memoria, dura nel tempo ed è legata a una canzone. Deve succedere spontaneamente e deve finire quando il momento è passato, per non ripetersi più. Cercare di riprodurla sarebbe un fallimento, ma quando si verifica è così bello da lasciarci un ricordo che dura per il resto dei nostri giorni.

Una serata del genere è capitata a me e ad alcuni amici scrittori trentacinque o quarant'anni fa. Tutto cominciò con una canzone intitolata *I Get the Blues When It Rains*, "Quando piove divento triste". Vi dice qualcosa? Io penso di sì, almeno ai più anziani tra i miei lettori. Ai più giovani posso dire soltanto: interrompete la lettura QUI. La maggior parte delle cose che dirò da questo momento in poi appartiene a un'epoca anteriore alla vostra nascita e riguarda le cianfrusaglie che mettiamo da parte nella soffitta della nostra testa, senza tirarle fuori che in certe notti particolari, quando la memoria si aggira fra i bauli e apre i fermagli arrugginiti: allora scaturiscono parole antiquate e mediocri ma a volte piacevoli, motivetti insulsi eppure impagabili.

Ci eravamo riuniti in casa dell'amico Dolph Sharp sulle colline di Hollywood per una serata di lettura dei rispettivi racconti, romanzi e poesie. Quella sera c'erano autori come Sanora Babb, Esther McCoy, Joseph Petracca, Wilma Shore e un'altra decina di persone che avevano pubblicato i loro primi libri o racconti alla fine degli anni Quaranta e all'inizio dei Cinquanta. Ognuno arrivò con un nuovo manoscritto, ansioso di farsi leggere.

Ma in un angolo del soggiorno avvenne un fatto strano.

Elliott Grennard, uno degli scrittori anziani del gruppo ed ex musicista jazz, passò davanti al pianoforte, sfiorò i tasti, aspettò un momento e suonò una nota, poi un'altra. Alla fine mise da parte il manoscritto e con la mano sinistra attaccò i bassi, mentre con l'altra suonava un vecchio motivo.

Tutti alzammo gli occhi. Elliott ci guardò e fece l'occhiolino, mentre continuava a suonare in piedi: sembrava che la canzone venisse fuori da sola, facile e allettante. «La conoscete?» chiese.

«Buon Dio,» esclamai «non la sentivo da anni!»

Cominciai a cantarla con Elliott, poi Sanora e Joe si unirono al coro: «*I get the blues when it rains*».

Ci sorridemmo e la strofa successiva salì più forte: «*The blues I can't lose when it rains*». "Una tristezza che se piove non mi lascia."

Conoscevamo le parole, cantammo fino alla fine, e quando l'avemmo fatta tutta scoppiammo a ridere, mentre Elliott si metteva seduto e attaccava *I Found a Million Dollar Baby in a Five and Ten Cent Store*. Scoprimmo che sapevamo le parole anche di quella.

Poi cantammo *Chinatown, My Chinatown*, e dopo *Sin-*

gin' in the Rain, sì, proprio *Cantando sotto la pioggia*: «*What a glorious feeling, I'm happy again...*».

Qualcuno ricordò *In a Little Spanish Town*: «Era una notte così, le stelle spiavano lassù, era una notte come questa qui...».

Dolph intervenne con: «L'ho incontrata a Monterey tanto tempo fa, l'ho incontrata a Monterey nel vecchio Messico...».

Poi Joe gridò «Eh, no banana, oggi no banana», il che tagliò le gambe al sentimento per un attimo e condusse quasi inevitabilmente a *Beer Barrel Polka* e *Oh, Mama, the Butcher Boy*.

Nessuno ricorda chi portò il vino, ma qualcuno lo fece e noi non ci ubriacammo, anzi, bevemmo la giusta quantità, perché tutto quello che importava erano canzoni e ballate. Era questo a inebriarci.

Cantammo dalle nove alle dieci, finché Joe Petracca disse: «Fatevi in là, adesso il maestro attacca "Figaro"». Obbedimmo e lui cantò. Ascoltavamo in silenzio, prestando attenzione perché aveva una voce più che ferma e gentile. Joe cantò da solo arie della *Traviata*, un pezzo dalla *Tosca*, e finì con "Un bel dì vedremo". Tenne gli occhi chiusi fino in fondo, poi li riaprì a sorpresa, si guardò intorno e disse: «Santo cielo, qui si sta facendo seria! Chi sa *By a Waterfall* dal film *La danza delle luci*?».

Sanora la sapeva e fece la parte di Ruby Keeler, mentre qualcun altro interpretò Dick Powell. Intanto noi saccheggiavamo la casa a caccia di nuove bottiglie; la moglie di Dolph sgusciò fuori, prese la macchina e andò a comprare i rifornimenti ai piedi della collina, perché se le canzoni dovevano continuare, ci voleva altro vino.

Tornammo indietro nel tempo con: «Tu sei fatta per me, io son fatto per te... T'hanno scolpita gli angeli e quando hanno finito, eri tutte le dolcezze in una...». Entro la mezzanotte avevamo passato in rassegna le melodie di Broadway vecchie e nuove, metà dei musical della 20th Century-Fox, qualcuno della Warner Bros., più brani e pezzettini di *Yes Sir, That's My Baby*, *You're Blasé* e *Just a Gigolo*; per il gran finale mobilitammo le vecchie canzoni della mamma, un mucchio di pezzi dolciastri che però cantammo con finta tenerezza. In un modo o nell'altro, anche il peggio suonava bene. I pezzi buoni erano semplicemente fantastici e i brani più belli ci fecero impazzire.

All'una lasciammo perdere il piano e ce ne andammo a cantare sul patio, dove Joe attaccò a cappella altro Puccini mentre Esther e Dolph fecero un duetto con: «Non è carina lei, che scende dalla strada, ti chiedo in confidenza...».

Dall'una e un quarto in poi, abbassando le voci perché i vicini ci chiesero di farlo, fu la volta di Gershwin: *Funny Face* e *Puttin' On the Ritz*.

Alle due bevemmo lo champagne e tutto a un tratto ricordammo le canzoni dei nostri genitori, quelle che si cantavano alle feste di compleanno nelle cantine adattate per l'occasione, intorno al 1928, o si mormoravano d'estate, sul portico delle case, quando la maggior parte di noi aveva dieci anni. «*There's a long, long trail a-winding into the land of my dreams.*» "C'è una lunga strada serpeggiante nel paese dei sogni miei."

Poi Esther ricordò che il suo amico Theodore Dreiser aveva scritto un vecchio successo: «Oh, la luna che brilla stasera sul Wabash, e dai campi sale profumo di fieno tagliato. Brilla fra i sicomori il lume di candela, sulle rive del Wabash lontano...».

E poi: «Lunghe le notti, da quando non ci sei...».

E ancora: «Sorridi mentre ti do il triste addio, perché gli anni passeranno e tornerò».

E: «Jeanine, sogno il tempo dei lillà».

E: «Dio, darei il mondo per rivedere la vecchia compagnia».

E: «Le campane a nozze rompono la vecchia compagnia».

E alla fine, naturalmente: «Perché la vecchia amicizia non sia dimenticata...».

Ormai tutte le bottiglie erano vuote ed eravamo tornati a *I Get the Blues When It Rains*. L'orologio suonò le tre e la moglie di Dolph era davanti alla porta d'ingresso, in piedi, tenendo in mano le nostre giacche; le infilammo e ci allontanammo nella notte, canticchiando sottovoce.

Non ricordo chi mi portò a casa e come ci arrivammo. Ricordo soltanto che sentivo le lacrime quasi asciutte sulle gote e che era stata una serata molto speciale e importante, qualcosa che non era mai successo prima e non si sarebbe ripetuto allo stesso modo.

Gli anni sono passati, Joe ed Elliott sono morti da parecchio tempo e noialtri abbiamo superato la mezza età, tra gli amori, le sconfitte e qualche volta le vittorie nelle rispettive carriere; ogni tanto ci incontriamo ancora per leggere i nostri racconti da Sanora o da Dolph, insieme alle nuove facce che si sono aggiunte nel frattempo, e almeno una volta all'anno ricordiamo Elliott che aveva suonato per noi la notte che volevamo non finisse mai, la notte affettuosa, cordiale e più bella in cui le canzoni sdolcinate non significavano niente ma volevano dire tutto. Erano sciocche e dolci, care e banali come Humphrey Bogart quando dice «Suonala ancora, Sam», e Sam suona e canta «*You must remember this, a kiss is just a kiss, a sigh is just a sigh...*».

Non dovrebbe fare quell'effetto, non dovrebbe essere magico. Non ci sarebbe nessun bisogno di piangere di gioia e di tristezza, e ancora di gioia.

Eppure succede così. Anche a me, a tutti.

Un ultimo ricordo.

Due mesi dopo quella fantastica serata ci riunimmo nella stessa casa, Elliott entrò e passò davanti al piano, si fermò un attimo e lo guardò dubbioso.

«Suona *I Get the Blues When It Rains*» dissi.

Lui suonò, ma non fu la stessa cosa.

La serata speciale era andata per sempre. L'elemento magico di allora non c'era più. Stesse persone, stesso posto, gli stessi ricordi in comune e naturalmente le canzoni, ma... era stato diverso. Sarebbe sempre stato diverso. Essendo persone sagge, immediatamente smettemmo. Elliott scelse una poltrona e aprì il manoscritto. Dopo un lungo momento di silenzio, dando appena un'occhiata al pianoforte, si schiarì la gola e lesse il titolo del suo nuovo racconto.

Dopo fu il mio turno. Mentre leggevo, la moglie di Dolph andò a passettini verso il piano e in silenzio abbassò il coperchio.

Titolo originale: *I Get the Blues When It Rains (A Remembrance)*

Tutti i miei nemici sono morti
2003

Il necrologio era a pagina sette: "Timothy Sullivan, genio dell'informatica, settantasette anni. Cancro. Cerimonia privata. Sepoltura: Sacramento".

«Oddio!» esclamò Walter Gripp. «Gesù, questo è l'ultimo. Con lui è finita.»

«Cosa è finita?» chiesi.

«Vivere non è più possibile. Leggi qui.» Walter sventolò il necrologio.

«E allora?» dissi.

«Tutti i miei nemici sono morti.»

«Alleluia!» scoppiai a ridere. «Aspettavi che quel figlio di puttana...»

«... bastardo.»

«Bastardo, sì, aspettavi che tirasse le cuoia da chissà quanto tempo. Rallegrati.»

«Rallegrarmi un corno. Adesso non ho più motivo di vivere.»

«Che vuoi dire?»

«Tu non capisci. Tim Sullivan era un gran figlio di puttana. Lo odiavo con tutto il cuore, il fegato e il resto.»

«E quindi?»

«Non mi ascolti, lo capisco. Andato via lui, se n'è andata la luce.» Walter impallidì.

«Che luce, maledizione?»

«Il fuoco, quello che arde nel mio petto, il cuore, il ganglio! Vivevo di lui, mi aiutava a tirare avanti. Di notte andavo a letto felice perché l'odiavo. La mattina facevo colazione volentieri pensando al mio bisogno di ucciderlo, un bisogno ripetuto a intervalli regolari dal pranzo alla cena. Adesso mi ha rovinato tutto, ha spento la fiamma.»

«*Lui* ti ha fatto questo? L'ultima cattiveria è stata di morire per farti dispetto?»

«Potresti anche dire così.»

«L'ho appena detto.»

«Adesso vado a coricarmi, vediamo cosa fare del mio bisogno.»

«Non essere stupido, rimani seduto e bevi il gin. Che fai?»

«Come vedi, tiro indietro il lenzuolo. Potrebbe essere il mio ultimo sonno.»

«Vieni via di lì, è una stupidaggine.»

«La morte è una stupidaggine, un insulto, uno scherzo di cattivo gusto. Morire prima di me...!»

«Sicché l'ha fatto apposta?»

«Lo reputo capace di questo e altro. Il tipo di scherzo che piace a me. Chiama le pompe funebri, leggimi il menu delle lapidi e che sia una lastra semplice senza angeli. Dove vai?»

«Fuori. Ho bisogno di aria.»

«Potrei essere defunto, quando tornerai.»

«Prima fammi dire due parole a uno sano di mente.»

«E chi sarebbe?»

«Io.»

Uscii e rimasi al sole.

Non può essere, pensai.

No? ribattei a me stesso. Vai a dare un'occhiata.

Non è ancora il momento. Cosa faremo?

Non chiedermelo, disse l'altra parte di me. Se lui muore, anche noi moriamo. Niente più lavoro, niente grana. Parlando d'altro, quello è il suo taccuino degli indirizzi?

Sì.

Sfoglialo, dev'esserci qualcuno ancora vivo e vegeto.

Okay. Sfogliai il taccuino alla A, B, C... ma erano tutti morti. Controllai la D, la E, la F e la G.

Morti!

Richiusi il libretto come la porta di una tomba.

Aveva ragione: i suoi amici e nemici appartenevano ormai al libro dei morti.

Bella frase, annotala.

Bella frase? Gesù, *pensa a qualcosa*.

Un attimo: cosa provo per lui, in questo momento? Ecco cosa: gira sui tacchi e fai dietrofront!

Aprii la porta e mi affacciai nella stanza.

«Sei ancora moribondo?»

«A te che sembra?»

«Sei un mulo testardo.»

Entrai, feci qualche passo e m'innalzai su di lui.

«Da lì vedi meglio?» chiese Walter.

«Non testardo, cattivo. Aspetta che raccolgo un po' di sputo.»

«Sto aspettando» disse Walter. «Ma sbrigati, sono quasi morto.»

«Magari fosse vero. Adesso ascoltami.»

«Non starmi troppo vicino, ti sento l'alito.»

«Non è un bocca a bocca, non preoccuparti: è solo un controllo della realtà. Stammi a sentire.»

Walter batté le palpebre. «Sei il mio vecchio sodale, l'amico fedele?» Un'ombra gli attraversò la faccia.

«No, niente vecchio sodale o amico fedele.»

Walter era raggiante. «Ma sì che sei tu, fratello.»

«Dato che sei quasi morto, è tempo di farti una confessione.»

«Dovrei essere io, quello che si confessa.»

«Prima io.»

Walter chiuse gli occhi e aspettò.

«Spara» disse.

«Ricordi l'ammanco del '69, quando pensasti che Sam Willis avesse portato i soldi in Messico?»

«Già, sicuro. Sam.»

«Non è stato lui, sono stato io.»

«Come sarebbe?»

«Io» ripetei. «Li ho presi quando Sam scappò con quella ragazza: ho intascato i soldi e ho dato la colpa a lui. Ecco fatto.»

«Non è una gran colpa» reagì Walter. «Ti perdono.»

«Aspetta, non è finita.»

«Io sono qui. Avanti.» Walter sorrideva tranquillo.

«La notte della festa al liceo, 1958.»

«Uh, portammo fuori le ragazze: io andai con Dica-Ann Frisbie, anche se volevo Mary-Jane Caruso.»

«L'avresti avuta, ma io le avevo raccontato che passavi da una all'altra e ti eri fatto una specie di harem.»

«Hai fatto questo?» Walter spalancò gli occhi. «Ecco perché è venuta alla festa con te.»

«Infatti.»

Walter mi fissò con un'occhiata fulminante, poi guardò dall'altra parte. «Be', in ogni caso è acqua passata e i ponti sono vecchi. Hai finito?»

«Non ancora.»

«Gesù, la faccenda si fa interessante. Vuota il sacco.» Walter diede un pugno al cuscino e si puntellò su un gomito.

«Poi c'è stata Henrietta Jordan.»

«Henrietta, sì. Che bella ragazza, fu un'estate magnifica.»

«La parola fine ce l'ho messa io.»

«Tu... cosa?»

«A un certo punto ti lasciò, è così? Disse che la madre stava morendo e doveva passare un po' di tempo con lei.»

«Vuoi dire che fosti tu a portarmela via?»

«Naturalmente. Altro capitolo: ricordi quando ti convinsi a vendere la Ironworks in perdita? Una settimana dopo l'ho comprata io a un prezzo di realizzo.»

«Be', non è una cosa tremenda.» Walter deglutì.

Continuai. «Barcellona 1969. Dissi che avevo mal di testa, andai a letto presto e ci portai Christina Lopez.»

«Mi ero spesso domandato che fine avesse fatto.»

«Stai alzando la voce.»

«Ah, sì?»

«E adesso, tua moglie. Ho giocato ad acchiapparello con lei.»

«Ad acchiapparello?»

«Una, due, quaranta volte, credo.»

«Un momento.»

Walter si alzò in mezzo al letto, artigliando la coperta.

«Puoi anche strapparti le orecchie. Mentre tu eri a Panama, Abbey e io ce la siamo spassata come due gatti randagi.»

«Sarei venuto a saperlo.»

«E da quando i mariti lo vengono a sapere? Ricordi quando fece quel viaggio in Provenza, il percorso dei vini?»

«Certo.»

«Non è andata come credi. Era a Parigi insieme a me e beveva champagne dalle mie scarpe da golf.»

«Scarpe da golf?»

«Parigi è stato il nostro diciannovesimo green. Un campionato mondiale, poi il Marocco.»

«Non ci è mai stata.»

«Ci è stata e lo ha fatto. A Roma: indovina chi è stato la sua guida turistica? A Tokyo, a Stoccolma...»

«I suoi genitori erano svedesi.»

«Sì, ma il premio Nobel gliel'ho dato io. Bruxelles, Mosca, Shanghai, Boston, Il Cairo, Oslo, Denver, Dayton...»

«Basta, Dio mio, basta!»

M'interruppi e, come nei vecchi film, andai alla finestra e accesi una sigaretta.

Sentivo piangere Walter. Mi girai e vidi che aveva buttato le gambe fuori dal letto, in modo che le lacrime colassero dal naso sul pavimento.

«Sei un figlio di puttana» ansimò.

«Proprio così.»

«Bastardo!»

«Sicuro.»

«Mostro!»

«Pure?»

«E saresti il mio migliore amico. Ti ammazzerò.»
«Prima devi prendermi.»
«Poi ti resusciterò e ti ammazzerò di nuovo.»
«Cosa fai?»
«Scendo dal letto, maledizione. Vieni qua!»
«Noo.» Aprii la porta e guardai fuori. «Ciao.»
«Ti ucciderò, anche se ci volessero anni.»
«Eh, sentilo... anni.»
«Anche se ci volesse una vita.»
«Una vita, questa è buona. Saluti.»
«Resta lì, maledetto.»
Walter saltò su.
«Figlio di puttana!»
«D'accordo.»
«Bastardo!»
«Alleluia e buon anno.»
«Cosa?»
«Prosit! Skol! Cos'ero, una volta?»
«Un amico.»
«Già, un amico.»
Scoppiai in una risata da medico, psicologo e stregone insieme.
«Infame!» gridò Walter.
«Sì, sì, sì.»
Balzai alla porta e feci un gran sorriso.
«Proprio io, sì.»
La porta sbatté.

Titolo originale: *All My Enemies Are Dead*

Il completista
2003-2004

Fu su una nave in mezzo all'Atlantico, nell'estate del 1948, che conoscemmo il completista: si faceva chiamare così.

Era un avvocato di Schenectady, ben vestito, che insisteva per pagare da bere quando c'incontravamo casualmente prima di cena e si assicurava che sedessimo al suo tavolo invece che al nostro, per mangiare insieme.

Durante la cena parlava molto e raccontava storie meravigliose o grandi barzellette con un'aria da uomo ospitale, conviviale e di mondo.

Non ci permetteva assolutamente di replicare, ma mia moglie e io eravamo ben disposti ad ascoltarlo perché ci divertiva, ci appassionava addirittura, e volentieri tacevamo per consentire a lui di descrivere il mondo che aveva visitato da un continente all'altro, da un paese al successivo, di città in città: e tutto per collezionare libri, fondare biblioteche e nutrire la sua anima.

Ci disse che una volta aveva sentito parlare di una collezione favolosa a Praga e come avesse impiegato quasi un mese per attraversare il mondo, in nave e in treno, pur di acquistare la collezione e tornare nella sua grande casa di Schenectady.

Era stato a Parigi, Roma, Londra e Mosca e aveva spedito a casa tonnellate di rari volumi che la sua agiatezza di avvocato gli permetteva di comprare.

Quando parlava di queste cose, gli occhi brillavano e il volto si accendeva di un colore che nessun liquore avrebbe potuto infondere.

Non era un menavanto, il nostro avvocato: si limitava a descrivere, come un cartografo davanti a una mappa, la sequenza di luoghi, tempi e avvenimenti che non poteva fare a meno di riferire.

Mentre era occupato in tale attività non ordinava una cena impegnativa, cosa che avrebbe richiesto la sua attenzione, e ne dedicava pochissima all'enorme insalata che si era fatto servire e che gli permetteva di continuare a parlare, mentre di tanto in tanto divorava un boccone e poi continuava a descrivere località e collezioni sparse nel mondo intero.

Ogni volta che mia moglie e io cercavamo di inserirci nel suo entusiasmo, agitava la forchetta e chiudeva gli occhi per zittirci, mentre la sua bocca annunciava la prossima meraviglia.

«Conoscete l'opera di sir John Soane, il grande architetto inglese?» domandò.

Prima che potessimo rispondere, ricominciò.

«Ha ricostruito tutta Londra nella mente, poi l'ha fatta disegnare dal signor Ginty, l'amico artista, in base ai suoi dettami. Alcuni di quei sogni londinesi sono stati effettivamente realizzati, altri sono stati costruiti e poi distrutti; altri ancora rimangono tra i frutti della sua immaginazione straordinaria.

«Ho scoperto alcune di quelle biblioteche di sogno e

ho lavorato con i nipoti dei suoi geometri per costruire nella mia proprietà quella che potreste definire un'università campestre. È una grande tenuta fuori Schenectady dove ho piazzato i grandi lumi della conoscenza in una serie di edifici ad hoc.

«Passeggiando attraverso i campi, e meglio ancora, percorrendoli romanticamente a cavallo da una corte all'altra, ci si imbatte nella più grande biblioteca medica del mondo. Lo dico perché l'ho trovata nello Yorkshire e ho comprato i diecimila volumi in modo che arrivassero a casa, dove li avrei tenuti sott'occhio e sottomano. Sono venuti a trovarmi grandi medici e chirurghi, e per giorni, settimane o mesi hanno vissuto nella biblioteca.

«A parte quella, in altre zone della proprietà esistono piccole biblioteche-faro dei grandi romanzi scritti in tutto il mondo.

«Segue un ambiente italiano che avrebbe fatto l'invidia e dato l'insonnia a Bernard Berenson, il grande storico dell'arte del Rinascimento.

«Nel complesso, la mia università rappresenta una serie di edifici disseminati su alcune decine di ettari in cui si potrebbe passare la vita senza mai abbandonare l'ambiente.

«Ogni fine settimana i dirigenti dei college, università e scuole superiori di Praga, Firenze, Glasgow e Vancouver si riuniscono per gustare i pranzi preparati dal mio chef, bere i miei vini e amare i miei libri.»

Descrisse la pelle in cui molti di quei volumi erano rilegati, la straordinaria perfezione delle cuciture, la carta adoperata e i caratteri.

A parte questo, disse com'era bello visitare i suoi centri di cultura passeggiando fra i campi e sedendosi a leggere in un ambiente così favorevole all'approfondimento del sapere.

«E questo è tutto, o quasi. Ora sono diretto a Parigi, da lì proseguirò in treno a sud, attraverserò il canale di Suez e andrò in India, a Hong Kong e a Tokyo. Altri ventimila volumi di storia dell'arte, filosofia e viaggi mi aspettano in quei posti lontani. Sono come uno scolaretto nervoso che non vede l'ora di mettere le mani su tanti tesori.»

Finalmente il nostro amico avvocato sembrò aver concluso.

L'insalata era sparita, il dessert mangiato e il vino bevuto fino all'ultima goccia.

Ci guardò in faccia, come per sapere se avessimo qualcosa da dire.

In realtà c'erano molte cose e avevamo atteso a lungo l'opportunità di parlare.

Prima che potessimo aprir bocca, però, l'avvocato chiamò il cameriere e ordinò tre doppi brandy. Mia moglie e io cercammo di resistere, ma lui ci zittì con un gesto. I brandy arrivarono puntualmente.

Lui si alzò, guardò il conto, pagò e rimase in piedi per un lungo momento, sbiancando completamente.

«C'è un'ultima cosa che vorrei sapere» disse alla fine.

Chiuse gli occhi, e quando li riaprì la luce era scomparsa: sembrava perduto in una scena immaginaria che si svolgesse a milioni di chilometri di distanza.

Prese il bicchiere con il suo doppio brandy, lo tenne fra le dita e ripeté: «Ditemi un'ultima cosa».

Fece una pausa, poi:

«Perché mio figlio di trentacinque anni ha ucciso la moglie e la figlia e si è impiccato?»

Bevve il brandy, ci voltò le spalle e senza una parola uscì dal ristorante della nave.

Mia moglie e io restammo al nostro posto per un pezzo, con gli occhi chiusi, e poi, senza riflettere, allungammo le mani verso i brandy che ci aspettavano.

Titolo originale: *The Completist*

Epilogo

L'eterno Orient Express di R.B., G.K.C. e G.B.S.

1996-1997

E quando muoio sarà un bel sogno a tre
Condiviso da Shaw, Chesterton e me?
Signor glorioso, o tu che puoi
Fa' che l'eterno cammin, se vuoi,
Proseguiamo viandanti dell'infinita via
Noi amanti della favella e insonni, così sia:
Il wagon-lit di Chesterton, lo Shaw Express,
Un concerto di pensieri senza stress
Mentre fendiamo i vapori della ferrovia
Per varcare il mondo dei sogni a mezza via
Tra la notte e il dì, con Shaw che arriva trafelato
Offrendomi un biscotto: «In carrozza! Hai già mangiato?».
Ha una voce ch'è pura Forza viva, giudice e fattore;
G.K. monta dopo Shaw e il controllore.
E già s'affanna Dickens per il marciapiede, con Twain
[che non ha freno,
«Aspettaci!» dice Mark, e Dickens: «Fermate il treno!».
«È fermo,» Shaw ritorce «siete orbi? Salite, dico io!»
Con quest'ultimo comandamento del Signore Iddio
Siam tutti dentro, pronti a giostrar con l'intelletto
E ad ammirare Shaw, seduto come un bafometto,

Incline a lanciar del Gioco il primo strale
Che ci faccia tremar, che ci tramuti in sale.
Arriva adesso Poe, è tutto impellicciato,
Veste da freddo, ovunque va è gelato,
Vista da lungi la sua fronte è come luna
Che all'alba tramonta ma risorge all'una.
Dickens è assai stupito, ma dice Twain: «Egli è vivente!».
G. Shaw e G.K. non vedono la Morte rinascente,
Sol io tra tutti odo Edgardo in lutto,
Il battito del cor che fiacco copre tutto.
C'è Wilde che ora giunge coi suoi tamburi arcani,
E l'umorismo affiora nei casi ognor più strani.
Arrivan Melville e Rudyard Kipling, piano,
Herman balena bianca, Kim lo scriba indiano;
Lord Russell, saggio nano, che ha grande il cappello
Per ricoprir la testa e il suo grande cervello.
Sfida Shaw e Chesterton a parlare
Mentre Poe, scuro in volto, sa osare
E dar lezione di politica alle menti
Mentre fustiga di Kipling cieche genti.
Senti! I lor discorsi d'oro e mai noiosi,
Sarebbe quello un peccato da boriosi,
È la musa che tempra dei miei la favella:
Shaw polemizza e lord Russell balla
Mentr'io, il topolino che tien la bocca dura,
Non dico una sillaba per tutta la ventura,
Lieto di star nascosto, pigiato tra i cervelli
Che guidano la notte con vagoni d'idee: quelli
Son attaccati fra lor come carrozze, e ognuno fa la prova
Di esplodere e brillar come una nova,
E già l'altro diventa una cometa pel convoglio,

Halley su ruote che appare nel ciel, e io voglio.
La scuola ferroviaria va di notte a insegnare,
Divoro croste e briciole, anch'io voglio imparare,
E quando Shaw tossisce o ha il singhiozzo,
Trema la terra ma Poe, tranquillo: è il gozzo.
Bianca come la luna ha la fronte il poeta,
Per lui son lieto perché non ha una meta
E mentre quelli discettano sorride,
Un gioco fra noi due, nessuno irride.
Dove la testa del notturno s'apre
Vedo il Gatto Nero e altre cose atre,
Vedo la testa a Pendolo, il petto un Pozzo,
E mentre gli altri versano il vin nel gozzo
Negli occhi di Poe la casa Usher ecco affondare,
Mentre Shaw e G.K.C. continuano a ciarlare.
Chiede Poe: Amontillado? Eccone un barilotto,
Godi la bevuta, assaggia il decotto – io no:
Mischio la calce, muro quei pazzi un po'.
Io mi vergogno, annuso i loro sali,
Lascio agli spirti eletti aprir le ali.
L'aria risuona di questi saggi alati
Che svolazzando cantano ispirati:
Udite i loro incanti o insegnamenti,
Mentre va la locomotiva dei portenti.
Fuori della stazion ci spinge ormai
Nel fragore ciarliero dei gran sei.
Cade a pioggia la conversazione
Di Shaw che indica la verità, quale emozione
Poi Chesterton pronuncia il gran Io Sono
Ma non rinuncia al tè con i biscotti (e il pane buono).
Ed ecco in mezzo agli altri, tace Poe il poeta:

S'immagina già morto di stenti o d'invernata?
Nel contempo Wilde è ridotto in povertà a Parigi,
Melville dei critici rimpiange i non-servigi.
Maledetti superstiti senz'anima, perché non li capiste?
Perché i soloni d'un tempo preser tali sviste?
Cacciare la balena e non vederne la maestà,
Fare le pulci a Poe senza dar manto alla regalità...
Ridevate di Wilde e adesso ride lui,
A volte mi domando se i critici son bui,
Ottusi dentro, e pur leggendo assai
Son come quelli che tracannano il vino
Senza sentir sapore né gusto sopraffino.
Ma è possibile che io, sorseggiatore esperto,
Sia meglio di color e già più edotto?
I libri che io leggo e più consiglio
Quelli li buttan via senza battere ciglio,
Che sian sepolti fino al giorno del giudizio.
Cosa richiama i miei amici dalla tomba letteraria?
Una voce, un amore, una notte, una stanza solitaria
Dove girando pagine, folle di desio e non pago,
Io rubo i bei volumi ché non vadano al rogo?
O amato Poe, non lasciarci mai; caro signor Wilde resuscita
Con Dorian Gray e in questo bimbo suscita
Il desiderio di sentire ancor la storia orripilante,
E Herman, tu cavalca la balena trionfante!
Io mai vi scaccerò, non vi negherò affatto,
Né ucciderò il mostro bianco per manco di rispetto.
Nel vagone bagagli Dorian, spettro d'un quadro, attende;
Wilde morde il freno e sorbe il tè, Shaw non s'arrende,
Ma Oscar taglia corto, ha il *mot juste*,
Tutti scoppiano a ridere di gran gust.

I grandi autori urlano e fan ressa, han colorito fino,
Parlano ormai di birra e poco altro, e Wilde di vino.
Infine Edgar cede, osa parlare,
La voce Usher debole e invernale,
Batte il cuor nero sotto il pavimento di caucciù,
Il fumo del treno gli fa verso: «Mai più».
Melville ora cerchiamo dal cetaceo sopraffino,
Cos'è laggiù che soffia? Appena un pesciolino,
Gridano i critici, giù la vela, e Melville che li sente
Abbandona il mare, lascia il timon per niente.
Il treno a mezzanotte curva con furore,
Una locomotiva fantasma, telaio del terrore.
Non tutto è perduto, allora e adesso,
Perché Moby mi segue sempre più da presso.
Ne dubitiamo alquanto, ma oltre il finestrino
Già appare la gobba, bianca come un piumino,
La senti? Pallida come un fuoco di Sant'Elmo grida
E ci pare di annegar già fra le sue strida.
Dentro la notte il tren di Moby ci conduce,
Siam come folli, smarrita ormai la luce.
«Ohibò,» dice Shaw e adesso siede a oltranza
«È la rivoluzione del vapor che avanza!»
Molto meglio che il mostro al calor bianco,
E intanto desiniam con tè, biscotti e pane a fianco.
Kipling intanto riordina il ricordo
Di Kim che finì nella polvere d'accordo,
Ma dopo si rialzò e Kaa fu re tra i serpenti,
E Mowgli dei lupi che ululò i suoi lamenti.
La luna e il tren veloce che corre per tre:
Ahi Kipling, nostro Uomo che volle farsi re!
Troppo presto giunge l'alba del consiglio,

Non c'è più tempo di fare uno sbadiglio,
Il viaggio è concluso, oltre la curva fiorisce
L'aiuola final, stazione del libro che finisce.
I grandi scendono e si dan l'addio,
Io piango al pensier, pur se son io
Che sento il frusciare degli dei al risveglio,
La gloria m'infiamma il petto ed è già meglio.
Il treno rallenta i battiti, s'è fermato
Alla stazione del Tempo Perduto, appagato
Dove una vita fatta di parole e versi belli
Fiorisce tra arbusti letterari e uccelli.
Shaw scende primo, Chesterton pencola parecchio,
Kipling mi asciuga lacrime dall'occhio.
Poi arriva Mr Poe, funeral d'un uomo breve,
Melville, biancovestito, il volto come neve.
Poe stringe in silenzio la mia mano,
Non dice «Addio», «Mai più», nemmeno «Quanto
[è strano»:
Scompare e resta Oscar l'ultimo sul treno
A impacchettare aforismi senza freno.
«È un giorno speciale,» dice «orsù vediamo
Di dirci addio come davver ce l'auguriamo.»
Il mento mi prende Twain con un bel piglio
E ridendo un buffetto: «Addio, mio caro figlio».
Ed ecco seminati i miei per la stazione,
Melville a terra è alla disperazione.
Che posto è mai? Una biblioteca in riva al mare?
Ah, sì, che grande, mi sento già chiamare!
Loro non son perduti e morti, ché domani
Un altro ragazzo li porterà lontani
Sul treno della notte ove non tutto è vano,

Ma giunge alla città degli scrittor pian piano.
Staranno tutta notte a chiacchierare, conosceranno
[il meglio:
Perché? Ma diamine, perché son *io* che voglio.
Gli amici vanno, rimango solo un momento
A seguir le impronte sulla riva in fermento,
A salutar le ombre prima di risalire in treno
E a piangere perché non li vedrò nemmeno.
Non li vedrò, ma in riva all'eco marina
La morte scompare e resta la parola mattutina.
Basta salir sul treno che riparte
E aprire i libri: la vita loro è arte.

Titolo originale: *Epilogue: The R.B., G.K.C., and G.B.S. Forever Orient Express*

Indice